KB019108

내 장례식에는 어떤 음악을 틀까?

어느 서른 살의 우울증 극복기

내 장례식에는 무슨 음악을 틀까?
어느 서른 살의 우울증 극복기

초판 1쇄 발행　2023년 6월 27일

지은이　여행자MAY

펴낸이　최갑수
디자인　이재희

펴낸 곳　얼론북

출판등록　(2022년 2월 22일)251002022000026
주소　경기도 파주시 회동길 145 아시아출판문화정보센터
전자우편　alonebook0222@gmail.com
전화　010-8775-0536
팩스　031-8057-6703
인스타그램　@alone_around_creative

ISBN　979-11-978426-9-6(03810)

· 이 도서는 2023 경기도 우수출판물 제작지원 사업 선정작입니다.

· 얼론북은 여러분의 소중한 원고를 기다립니다.

내 장례식에는 어떤 음악을 틀까?

어느 서른 살의 우울증 극복기

여행자메이 에세이

Part 1 _ 서른, 완벽하게 길을 잃다

Part 2 _ 안녕, 나의 행복했던 순간들

Part 3 _ 또 다시 넘어져도 괜찮아

Part 4 _ 후회하지 않는 오늘을 사는 법

Part. 1

서른, 완벽하게 길을 잃다

지독한
장마를
지나가는 중

“사는 게 참 무거워.”

“생각하기 나름이죠. 가볍게 생각하면 또 한없이 가벼운 게 삶인데요, 뭐.”

왜 하필 그 밤이 떠올랐을까. 이유야 뭐가 됐든, 지금 나는 그날로 돌아가 그에게 웃으며 위로랍시고 그 말을 건네던 내 입을 찢어버리고 싶다.

그즈음 나는 확실히 삶에 낙관적이었다. 퇴사 후 떠난 세계 일주도, 그 이후 시작한 크리에이터와 작가로서의 삶도, 한 가족의 일원 혹은 누군가의 친구나 연인으로서의 자리도 모두 만족스러웠다. 살면서 행복했던 날 못지않게 심연 속으로 곤두박질친 순간도 많았지만, 대개 나는 기어코 기어 올라와 햇살 아래 몸을 널어놓았으니, 그렇게 꽃과 나무를 보았고, 파랑새의 지저귀는 소리를 들었으니 말이다. 그래서 삶이 무겁다고 토로하는 이에게 생각하기 나름이라는 기만 따위를 떨어댔던 것이다. 그것도 부친의 병상과 직업 특성상 무수히 마주하는 죽음들로 인해 도저히 숨이 가벼워질 수가 없다는 이에게 말이다.

"맞네, 사는 게 무겁네요."

오늘에서야 대상 없는 대답을 허공에 건넸다.

나는 서른의 문턱에서 완벽하게 길을 잃었다. 목적을 잃은 상실감, 대상이 불분명한 환멸감, 후회 섞인 자괴감……. 순서조차 알 수 없이 일순간 불어난 눈덩이는 채 대비할 새도 없이 나를 깔아뭉갰다. 나는 그 무게를 들고 일어설 힘이 없어 쥐포처럼 납작해진 채 가만히 누워 빗소리만 들었다. 아마 그즈음 우울증이 시작되었던 것 같다.

이틀은 꼬박 잠들지 못하다가, 다시 삼 일은 죽은 듯 잠에 취했다. 정신없이 꿈속을 헤매다가 잠시 눈을 뜨면 천장이 빙글빙글 돌곤 했는데, 눈을 다시 감아버리면 태풍 속으로 빨려 들어가는 듯한 심한 멀미감이 들었다. 그러면 나는 가

서른의 문턱에서 길을 잃었다. 나는 한창 장마 속을 지나고 있었다.

만히 태풍에 온몸을 맡기는 수밖에 없었다. 간혹 태풍의 눈에 들어선 때면 심한 허기를 느끼기도 했지만, 속이 역해 밥을 넘기는 일이 좀처럼 쉽지 않았다.

그렇게 시간이 지나고, 나를 덮쳐왔던 눈덩이는 중요치 않아졌다. 이제는 눈덩이에 깔려있는 것이 아니라, 나 스스로 눈덩이를 굴리며 키워가고 있는 것만 같았다. 신을 기만한 죄로 평생 언덕 위로 돌을 굴려야 하는 형벌을 사는 시시포스처럼 말이다. 그 사실을 뻔히 알고 있었지만, 멈추는 법은 도통 알 수 없었다.

'그때 그렇게 말해서 미안했다고 연락이나 한 번 해볼까?'

나는 잠시 고민하다 관두기로 했다. 다 의미 없는 일이었다.

고개를 들어보니 주방 천장에 곰팡이가 피어올라 있었다. 그 아래, 지난 연인에게 받은 꽃에도 푸르고 허연 것들이 온통 뒤덮고 있었다. 그 꽃을 받았던 건 장마가 시작될 무렵이었다.

그에게 꽃을 받던 날, 나는 그보다 훨씬 전 스쳐 간 또 다른 연인에게서 받은 노오란 꽃을 떠올렸다. 당시 나는 그것을 곱게 말리겠다며 벽에 걸어두었는데, 헤어진 이후에도 귀찮다는 이유로 그것을 방치해두었다가, 꽃이 썩어 진물이 흐른 탓에 벽지는 물론 순례길 추억이 잔뜩 묻어있는 소중한 티셔츠까지 더럽혀지고 말았다. 뒤늦게 벅벅 닦아보았지만, 불쾌한 연둣빛 자국은 좀처럼 지워지지 않았다.

나는 그때의 기억에 새로운 꽃을 말리며 한차례 걱정을 했던 터였다. 이번에도 엉망이 되면 어떡하지? 꽃도 관계도, 그로 인한 나의 것들도. 그러다가는 늘 그렇듯 '이번은 다를 거야.' 하는 희망에 차서 꽃을 말렸던 것이다.

그런데 아니나 다를까 이번에도 역시 썩어버린 거다. 한숨 섞인 웃음이 나왔다. 그냥 다, 모든 게 썩어가고 있구나. 내가 사랑하는 일상도, 특별하다고 착각했던 관계도, 그리고 나조차도. 이것이 지나친 자기 연민이라는 것을 돌아볼 여력 따윈 없었다.

꽃들을 한데 모아 쓰레기통에 넣었다. 천장에 핀 곰팡이는 처리할 엄두가 나지 않았다. 저것을 그대로 두었다가는 곰팡이 균이 좁은 집 곳곳을 더럽힐 것을 알고 있었지만, 그리고 그게 내 마음속에서 벌어지고 있는 일이라는 것도 잘 알고 있었지만, 나는 그것을 가만히 올려다보다가 차오르는 무력감을 이기지 못해 다시 침대에 누워버렸다. 사는 게 무겁다던 그의 말만이 귀에 웅웅 거리며 맴돌 뿐이었다. 눈덩이를 조금 더 굴렸던 것도 같다.

참으로 지독한 장마였다.

이해할 수 있어요

가만히 천장을 바라보고 있을 때 침대가 끝없이 침몰하는 기분을 안다면, 말해주고 싶어요. 나는 당신을 온전히 이해할 수 있다고.

네가
좋은 만큼만
웃으라고

☽

사기꾼이 들끓는 곳을 여행할 때면 그들의 만만한 먹잇감이 되지 않기 위해, 일부러 된소리를 찾아가며 욕설을 뱉을 때가 더러 있다. 이를테면 인도의 뉴델리나 모로코의 페즈같은 곳에서 말이다. 하지만 일상 속의 나는 욕을 하지 않는 편이다. 굳이 하는 이도 듣는 이도 찝찝한 단어를 내뱉을 필요가 있을까 싶어서다. 어쩌면 욕설을 쓰지 않는다는 것에 약간의 자부심을 가졌는지도 모르겠다. 그런데 나는 방금 시원하게 욕 한마디를 내뱉었다. ~발.

왼편에는 제주의 파란 바다가 바스러지는 해를 머금고 있다. 오른편에서는 밥 내음이 기분 좋게 풍겨온다. 그러니 이건 분명 이 아름다운 그림에 전혀 어울리지 않는 소리였다.

내 행복을 유지하기 위해 이따금 찾아오는
부정적인 감정까지 일부러 외면했던 것은 아닐까?
남들 앞에서 웃다 보니 내 본래의 모습을 잃어버린 게 아닐까?

여행을 하다 말도 못 할 정도로 엉망진창인 사기꾼을 상대할 때에도 이 단어를 이토록 또렷하고 정확한 발음으로 입밖으로 내어본 적은 없었다. 그런데 방금은 이렇다 할 이유도 없이 툭 뱉어 버린 거다. 그저 목 언저리에 아주 오래전부터 걸려 있던 불쾌한 가래 한 덩이를 긁어내는 것처럼 말이다.

~발. 앞 단어에 좀 더 힘을 주고서 말하니 제법 그럴싸하다. 동시에 가슴팍이 살짝 찌르르 울리더니, 묘한 만족감이 차올랐다. 그런데 갑자기 수년 전 엄마가 내게 했던 말이 떠오르는 것이다.

"너, 억지로 웃지 마."

엘리베이터 안이었고, 이웃 어른을 만나 웃으며 인사를 건넸다. 어릴 적부터 가끔 보아온 그분은 내게 칭찬을 해주었다. 지금은 자세히 기억나진 않지만, 아마도 잘 컸다는 내용이었던 것 같다. 나는 그 말에 더욱 활짝 웃었다. 그런데 이웃 어른이 내리고 나서 엄마가 나를 보고 대뜸 이렇게 말하는 거다. 억지로 웃지 말라고.

"너 아까, 마트에서도 직원들한테 막 호호호 그러고."

"무슨 말이야. 웃는 게 나빠?"

"아니, 웃는 게 나쁘다는 게 아니고, 딱 네가 좋은 만큼만 웃으라고. 그 이상으로 웃지 말고."

잘 웃는다는 건 내가 그간 한 치의 의심 없이 장점으로 굳게 믿어온 것이었다. 그것을 단점으로 치부하는 엄마가 이해가 되지 않았다. 왜 이렇게 부정적으로만 보는 걸까 싶었다. 그런데 오늘에서야 이런 생각이 드는 거다. 어쩌면 나를 제대로 꿰뚫어 본 것은 엄마뿐이었는지 모른다고.

행복해야 한다.

이것은 스물일곱 이후 내 최대의 과제였다. 행복을 위해서 평범하지만 안정적인 일상을 모두 내려놓았으니 나는 무조건 행복해야만 해. 나는 끝없이 나를 다그쳤다. 다행스럽게도 과제의 결과물은 나쁘지 않았다. 심리 전문가들이 말하듯, 현재를 불행이라 칭하다 보면 어느새 진짜 불행해지고, 행복이라 칭하다 보면 진짜로 행복해질 가능성이 높은 게 사실이니까.

하지만 그 행복을 유지하기 위해 이따금 찾아오는 부정적인 감정까지 일부러 외면했던 것은 아닐까? 어쩌면 그것은 내 몸의 일부를 조각내어 삼켜버리는 것과도 같았는지 모르겠다. 그러길 반복하다 보니 몸속 깊은 곳을 굴러다니던 뾰

족한 파편 하나가 위장 어딘가를 찔러대어 자꾸만 속이 불편해졌던 것이다.

행복을 찾으며 살라는 강연을 마치고 돌아오는 길, 마음 한구석이 찝찝했던 이유가 이것 때문이었을까? 여행을 미화하지 않겠다며 첫 책 제목을 '때때로 괜찮지 않았지만, 그래도 괜찮았어'라고 지어놓고는, 정작 내 삶은 미화하고 있었던 것은 아닐까?

'긍정'의 사전적 정의는 '일정한 판단에서 문제가 되어있는 주어와 술어의 관계를 그대로 인정하는 일'이다. 그러니까 긍정적인 사람이란 마냥 좋은 면만 보는 사람이 아니라, 사실을 있는 그대로 인정하고 받아들일 줄 아는 사람인 것이다. 누군가는 무슨 일이든 행복하게 받아들이는 나를 긍정적이라 칭찬하기도 했지만, 사실은 행복하지 않은 상황은 외면해 버리고 마는 나는 어쩌면 그 누구보다도 부정적인 사람이었는지도 모른다. 그러다 보니 제자리를 찾지 못한 감정의 한 조각이 이 뜬금없는 욕설로 튀어나와 버린 걸 테지.

이 한마디가 뭐라고, 그간 욕 한마디 뱉지 못하고 괜찮다는 말만 반복했을까. 남들 앞에서 웃고, 또 웃기를 반복하다 보니 정작 지금의 나는 누구인지도 모르게 되어 버린 게 아닐까? 그간 웃음 속에 감추어진 나의 진짜 표정들은 어떠했을까?

욕을 내뱉었을 때 느꼈던 묘한 만족감의 정체는 아마도 카타르시스였을 것이다. 삼십 대가 되니 좀 더 힘을 빼고 살게 되어 편안해졌다던 선배의 말이 이런 의미였을까, 생각하며 나는 조금 더 걸었다. 파도 소리가 점점 가까워진다. 부정적인 오늘의 내 모습을 온전히 긍정해 본다.

'여행을 핑계로 이곳에 도망와 있는 지금의 나는 더없이 못났고, 또 나약해.'

잠깐, 그럼 나는 지금 긍정적인 사람인 걸까? 글쎄, 잘은 모르겠지만, 분명한 건 처음 이곳을 찾았을 때보다는 훨씬 마음이 가벼워졌다는 것.

이게 뭐라고, 이 한마디가 대체 뭐라고. ~발.

내게 무해한 나

모두에게 무해한 사람이기 위하여
나에게 유해한 사람이 되지는 말 것.

나는
나를
여행하기로 했다

"당신에게 여행이란 무엇인가요?"

"제게 여행은 치트키 같은 존재죠."

어느 인터뷰에서 했던 답변인데, 지금 생각해도 이보다 더 절묘한 표현은 없는 것 같다.

불행을 잊게 해주는 치트키, 행복을 찾게 해주는 치트키, 영감을 주는 치트키, 관계를 만들어주는 치트키……. 그런데 치트키를 쓰는 일에만 익숙해진 이에게는, 치트키 없이 게임에서 승리하는 일이 갈수록 더 어려워진다는 것을 그때의 나는 미처 몰랐다.

내 삶에 어둠이 드리울 때면 나는 당연하다는 듯이 여행을 떠났다. 무거운 배낭이 내 몸을 짓누르고 있는 것을 느끼며 걷노라면, 마음속 돌덩이처럼 쌓여 있는 일들은 조금씩 흐릿해졌다. 그래서 나는 발바닥에 커다란 물집이 잡히도록 걷고 또 걸었다. 그리고는 길 위에서 만난 풍경의 도파민 속에서 행복과 자유 같은 단어를 쉬이 입에 올렸다.

이번에도 마찬가지였다. 한동안 우울에 시달리던 나는 길을 나섰다. 목적지는 제주도. 세상이 아무리 혼란스러워도 제주의 푸른 바다와 오름은 생생한 숨결로 나를 다정하게 반겨주었다. 나는 그곳에서 혼자 길을 걷고, 조용히 잠들기를 반복했다. 이따금 나를 모르는 사람들과 어울리며 약간씩 웃기도 했다. 그렇게 2주 반의 시간을 보내고는 나의 6평짜리 집으로 다시 돌아왔다.

문을 여니 생전 처음 보는 풍경이 나를 반겼다. 방 안의 공기는 뿌연 가루를 뿌려 놓은 듯 탁했고 역한 곰팡이 냄새로 가득했다. 콧속을 찌르는 불쾌한 감각에 기침이 나왔다. 아니나 다를까, 집을 떠나기 전 천장에 약간 피어있던 곰팡이는 집을 비운 사이 말도 못 하게 심각해져 있었다. 집 안에 있는 이불보며 옷가지, 가방 위에도 곰팡이가 허옇게 피어있었다. 나는 그만 모든 사고 회로가 멈추어 아무 생각도 할 수 없어 가방도 내려놓지 못한 채 현관에 멍하니 서 있었다.

'그냥 다시 떠날까? 여기 있다간 미쳐버릴 것 같은데. 일단 이 집을 떠나는 거야. 한 달이고 두 달이고 떠나있다 보면 언젠가는…….'

하지만 모를 리 없었다. 그렇게 떠나버린다고 이 곰팡이가 사라지지 않으리라는 것을. 잠깐 머무는 새로운 숙소에서 잊은 척, 괜찮아진 척을 하고 있을 뿐이라는 것을. 그러는 사이 진짜 내 집은 점점 더 썩어가고 있으리라는 것을. 마치 나처럼 말이다.

안다. 나의 짧은 도피는 방편에 불과했고, 나는 조금도 괜찮아지거나 나아지지 않았다. 그럼 만약 이번에 떠났다가 돌아와도 괜찮아지지 않는다면…… 너는 또 떠날 거야? 그렇게 떠났다가 돌아왔는데도 여전히 모든 것이 똑같다면 또다시 떠날 거고? 그렇게 네 모든 생을 도피로 채울 셈이야?

문득 그 애가 떠올랐다. 나와 몇 계절을 함께 했던 그 애는 내가 아는 모든 이를 통틀어 가장 모험심이 넘치는 여행자였다. 그 애는 종종 자신을 극한 속으로 몰아넣는 여행을 즐기곤 했다. 인가가 없는 눈 덮인 산속에서 한 달이 넘는 시간을 생존해내기도 하고, 척박한 사막을 무동력으로 건너

여행을 통해 나는 '나다움'을 찾을 수 있었다. 짙은 어둠이 내리고 나서야 비로소 밝은 빛을 발하는 별처럼, 여행에서 나는 나를 마주할 수 있었다.

나는 다짐했다. 내 이십 대를 세상을 여행하는 일로 찬란하게 물들였다면,

내 남은 시간은 나를 여행하는 일로 채워 가야지.

기도 했다. 나는 그런 모험담을 들려줄 때마다 유난히 반짝이던 그 애의 눈동자를 사랑했다. 눈을 감고 그 애의 모험을 그릴 때면 심장은 빠르게 두근거렸다. 나의 여행보다 그 애의 여행을 여행하는 일이 도리어 좋았다.

그런데 어느 날, 그 애의 어머니가 그 애에게 이렇게 물었다고 한다.

"도대체 어떤 결핍이 너를 자꾸만 그런 길로 떠나게 만드는 거니?"

우리의 관계가 한겨울 끄트머리를 겨우 붙잡고 있을 때 다다라서야 나는 그 애를 온전히 이해할 수 있었고, 그의 이야기가 더 이상 재미있게 들리지 않았다. 모두가 그렇다는 건 아니지만, 인생을 걸 정도로 극단까지 자신을 몰아붙이는 일은, 다른 한 극단의 결핍에서 비롯된다는 사실을 그즈음 알게 되었기 때문이다. 어릴 적 연약한 몸으로 인해 무력감과 자괴감을 느껴본 사람이 성인이 되어 몸집 불리기에 집착하는 것처럼 말이다.

그렇다면 나는 그동안 어떤 결핍을 안고 길을 걸어왔던 것일까. 숨도 잘 쉴 수 없었던 고산이, 두 발이 부르트도록 걸었던 끝없는 길이 왜 그리도 낙원 같았던 걸까.

오랜 고민 끝에 찾은 답은 나였다. 인간이 극한의 상황에 몰리면 본성이 나오듯, 그런 상황까지 나를 몰았을 때 나는 어떤 꾸밈도 군더더기도 없는, 그저 나인 채로 서 있을 수 있었다. 그렇게 나다워지는 순간이 좋았고, 그래서 온전히 내가 되고 싶을 때면 길을 떠났다. 밝은 곳에서는 눈에 띄지 않던 별이 짙은 어둠이 내리고 나서야 비로소 환하고 눈부신 본래의 빛을 발하는 것처럼. 나는 그제야 나를 바로 볼 수 있었다.

그런데 이 말은 역설적으로 일상 속의 내가 온전히 나로서 있지 못하다는 이야기이기도 했다. 세계 곳곳을 돌며 나는 이전보다 훨씬 더 단단해졌고, 내가 좋아하는 것이 무엇인지도 선명하게 알게 되었다. 하지만 여전히 깊은 내공을 가진 이를 만나면 내 얕은 속을 들키지 않을까 불안했고, 내 이름을 좋아해 주는 이들을 마주한 날에도 내 나약한 마음이 그 반짝이는 눈빛들을 배반하는 것 같아 종종 수치심을 느낄 때도 있었다.

행복했던 날들을 부정하는 것은 아니다. 사무치게 행복했던 순간도 많았다. 그렇지만 어둠 속에 움츠려 있던 나약한 나와 껍데기가 겨우 빛날 뿐이었던 나와의 간극에서 느끼는 새벽의 서늘함은 어쩔 도리없이 나를 몸서리치게 만들었다. 내 몸에 달라붙은 새벽의 한기는 평생을 떠돌아다니며 지구의 모든 곳을 다 밟는다고 해도 사라질 것 같지 않았다.

나는 다짐했다. 내 이십 대를 세상을 여행하는 일로 찬란하게 물들였다면, 내 남은 시간은 나를 여행하는 일로 채워가겠다고.

내가 가장 알고 싶고, 가까워지고 싶고, 사랑하는 그 여행지, 내 속으로의 여행을 이제라도 시작해야겠다고.

그렇게 나는 나를 여행하기로 했다.

행복한 기억을 리셋하라고요? 그건 싫어요

월 17만 원짜리 명상원에 다니기 시작했다. 이건 우울이 찾아오기 전, 내가 나를 여행하기로 결심하기 훨씬 전의 일이다. 처음 내게 명상을 권유한 건 나의 지난 연인이었다.

"명상을 시작해보면 어때? 우리 가족은 아침마다 잠에서 깨면 명상을 하며 하루를 시작하거든. 네게도 도움이 될 것 같아."

"글쎄, 요즘 바빠서 잠도 제대로 못 자는걸. 눈 감고 가만히 있는 것보단 지금은 잠을 조금이라도 더 자는 게 내겐 더 나을 거 같아."

이렇게 말하며 나는 그의 제안을 거절했다. 이제야 좀 더 솔직히 말하자면, 명상을 즐긴다는 그의 마음이 그다지 평화롭고 잔잔하게 보이지는 않아, 명상의 효과에 대해 불신했던 탓도 있다. 명상을 권하기 이틀 전만 해도 그는 부모님과 싸우고서는 답답해 죽겠다며 내게 한 시간이나 넋두리를 털어놓았으니까 말이다. 게다가 당시의 나는 너무나 바빴다. '물 들어올 때 노 저어라'라는 표현을 써야 할 만큼 일이 많았고, 기왕이면 내 시간을 모두 쏟아부어 더 좋은 결과를 만들고 싶었다. 명상처럼 효과와 성과가 눈에 당장 보이지 않는 불분명한 일에는 시간을 쏟기가 아까웠다.

더구나 나는 나의 널뛰는 감정을 나름대로 좋아하기도 했다. 명상이 마음을 단단하게 만드는 데 효과가 있다는 그의 이야기를 들었을 때 나는 이렇게 반문했다.

"난 굳이 단단해지고 싶지 않은데? 난 나의 말랑거림이 좋은걸."

내 널뛰는 감정은 나의 여행을 더욱 풍성하게 만들었고, 그런 여행의 기억은 고스란히 나의 콘텐츠가 되어주니 말이다. 하지만 풍부한 감성이라는 말 뒤에 숨겨둔 나의 본질이 어느 순간부터 힘없이 흔들리고 있다는 사실을 깨달았을 때, 나는 그의 말을 따를 수밖에 없었다. 내 허약한 과육뿐 아니라 그 속의 씨앗까지 물러가고 있다는 것은 분명 뭔가 문제가 있다는 반증이었으니까.

연애를 할 때 어떤 이는 나를 호수 같다고 표현했고, 또 다른 이는 나를 웅덩이 같다고 했다. 호수와 웅덩이, 이 표현은 어쩌면 '내가 없다'는 말이기도 했다. 호수 같은 사람 옆에 있을 땐 더 없이 호수 같았지만, 물웅덩이처럼 탁한 사람이나 어지러운 상황 옆에선 나도 금세 웅덩이가 되었다. 그럴 때면 나는 내 옆의 웅덩이를 탓했다. 나를 물들이는 너의 탓이라고. 하지만 가끔, 아주 가끔은 어쩌면 순전히 내 씨앗의 문제일지도 모른다고 생각하기도 했다.

이제는 높은 고도에 숨이 모자라지 않아도, 물집이 터지도록 걷지 않아도 마음이 호수처럼 잔잔해지는 방법을 알고 싶어졌다. 아니, 내가 호수 같은 사람이 될 수 없다고 해도, 나 자체만으로 오래 서 있을 수 있기를 바랐다. 그제야 어쩌면 명상이 나에게 어떤 해답을 보여 줄 수도 있겠다는 생각이 들었다.

지도 앱을 켜고 '명상'이라고 검색했더니 집 근처에 몇 군데가 나왔다. 후기는 거의 없었다. 순간 몇 편의 스릴러 영화가 머리를 스쳤다. 혹시나 사이비 종교의 소굴에 빠지는 게 아닐까 하는 불안감이 엄습했다. 명상센터의 내부 사진을 신중하게 살폈다. 그나마 조명을 가장 밝게 설치한 곳이 있어 그곳에 전화를 걸어 비용을 물었다. 느긋한 말투의 여자는 일단 와 보라고 했다. 뭔가 느낌이 조금 이상하기도 했지만 기왕 마음먹은 거 부딪혀보자는 마음으로 주섬주섬 옷을 걸쳐 입고 그곳을 찾았다.

조심스레 문을 열고 들어가니 아무도 보이지 않았다. 큼큼 헛기침을 몇 번 하자 나이 지긋한 여자가 나와 인자한 미소를 띄운다. 상담실에 앉아 그녀가 준 차 한 잔을 마시며 이야기를 나눴다. 그녀는 내게 명상을 해본 적이 있느냐고 물었다. 없다고 답했다. 그럼 어떻게 이곳에 오게 되었냐고 그녀는 다시 물었고, 나는 어지러운 마음을 달래고 싶다고 답했다. 그녀는 잘 찾아왔다면서 지긋이 웃었다. 그리고는 17만 원이라고 덧붙였다. 나는 얼떨결에 카드를 내밀었고, 17만 원을 결제했다.

"일시불……?"

"아…… 네."

명상을 본격적으로 시작한 건 다음 날부터였다. 그녀는 내게 가장 작은 방에 들어가서 앉으라고 했고, 나는 붉은 방석 위에 가만히 앉아 그녀를 기다렸다. 적막 속에 홀로 남겨지니 또다시 불안감이 스멀스멀 차올랐다. 당시는 국내의 모 사이비 종교가 큰 이슈가 될 때였는데, 사이비 교인 판별법으로 교주 이름 옆에 '△새끼'라는 말을 붙여서 반응을 보라는 우스갯소리가 떠돌았다. 나는 들릴 듯 말 듯 한 소리로 중얼거려 보았다.

"○○○ △새끼, ○○○ △새끼."

최악의 경우엔 저 여자 하나 정도는 제압할 수 있을 것 같은데, 다른 방에 덩치 큰 남자들이 숨어있으면 어떡하지? 핸드폰은 뒤에 있는 바구니에 놓으라고 했는데, 옷 안에 몰래 숨겨두는 게 좋을까? 혼자서 온갖 상상의 나래를 펼치고 있는데 그녀가 들어왔다.

"오래 기다렸지요? 저는 내면의 평화를 찾게 도와주는 도우미입니다. 자, 오늘은 먼저 마음속에 있는 과거의 사진을 버리는 연습으로 시작할 거예요. 그 모든 기록물은 사실 내 주관에 의해 내 식대로 기록된, 참이 아닌 허상이라는 사실을 먼저 받아들여야 해요. 내 마음대로 기록한 사진들에 얽매이지 않아야 해요."

그녀는 긴 설명을 이어갔다. 간추려 보자면, 내 머릿속에 저장된 모든 사진을, 그러니까 태어나서 처음 가진 기억부터 마지막 기억까지 모조리 마음속에서 지워내야 한다는 것이다. 그래야만 온전히 사실을 사실 그 자체로 받아들일 수 있게 된다고. 나는 순간 영화 〈이터널 선샤인〉에서 라쿠나 회사의 직원들이 머릿속 소중한 기억을 지우러 쫓아오는 장면을 떠올렸다. 그러자 여기에서 도망치고 싶은 마음이 들었다.

"머릿속 모든 기억을 순차적으로 떠올려 보세요. 그리고 지금부터 그것들을 하나하나 지워갈 겁니다."

그녀의 지도를 따라 하는 수없이 눈을 감기는 했지만, 머릿속은 오히려 기억들을 지켜내느라 분주했다. 나는 내 기억들을 지울 생각이 조금도 없었다. 특히 세계를 여행하며 만났던 모든 순간들은 죽을 때까지 꽁꽁 붙들어서 어떻게든 간직해 내고 싶었다. 그게 좋든 나쁘든 말이다. 물론 여기서 지워내는 노력을 한다고 해서 나의 찬란한 찰나들이 진짜 사라지는 게 아니란 건 알고 있었지만, 그런 노력을 기울이는 것조차 싫었다.

그렇게 나의 첫 명상은, 도우미의 말과는 정반대로 아주 필사적으로 도망만 치다 끝이 났다.

이제 눈을 떠도 된다는 그녀의 말에 나는 곧바로 질문을 퍼부었다.

"이게 정말 저를 위한 걸까요? 저는 모르겠어요. 제 사진들을 버리라는 게 무슨 뜻인지 알아요. 멋대로 판단하는 습관을 버리고, 현상을 그 자체로 바라보는 연습을 하라는 말씀이시죠? 하지만 저는 제 모든 기억들을 사랑하는걸요. 리셋하고 싶지 않아요. 사사로움에 시달렸던 순간들도 이제 와 생각해 보니 그리 나빴던 것 같지 않아요. 음, 그러니까……, 죄송하지만 저는 그만하고 싶어요."

〈이터널 선샤인〉 속 주인공이 깨어지는 얼음을 피해 도망가는 것처럼 나는 그녀를 향해 다급히 쏘아댔다. 그녀는 그런 나를 가만히 바라보았다. 잠시 정적이 흘렀다. 나는 숨을 고른 후 다시 차분히 덧붙였다.

"사실 저는……, 평생을 함께 한 사사로운 감정들이 사라진다는 게 좀 무서워요."

"이해해요. 그 사사로운 감정에는 행복하거나 기뻤던 순간도 있을 테니까요."

"맞아요."

"하지만 그런 과거의 행복했던 기억이 오늘의 행복을 방해하고 있지는 않나요?"

"네?"

"과거의 행복했던 기억 때문에, 그에 대해 더 집착하게 되고, 또 그렇지 못한 오늘과 비교해 오늘을 그 자체로 바라보지 못하고, 오늘을 그저 행복하지 못한 날로 여기고 있지는 않나요?"

나는 그제야 그녀의 눈을 바로 보았다. 그녀가 왜 내게 그동안의 기억을 버리게 만들려고 하는 건지, 어떻게 나를 평화로 이끌겠다는 것인지 비로소 이해할 수 있었다.

결국 나는 다음날 같은 시간에 그녀를 다시 찾을 수밖에 없었다.

하지만, 첫날의 울림은 오래가지 못했다. 나는 그녀의 지도에 따라 그곳에서 2주 내내 같은 행동을 반복했다. 가만히 앉아서 지금까지 내 속에 축적된 모든 기억을 차례차례 떠올리고, 눈앞에 있는 태양 스티커를 바라보며 그 기억을 버리는 시늉을 했다. 며칠은 성실히 임했지만, 며칠은 지루해하며 다른 생각을 했다. 또 며칠은 태양 스티커를 바라보고 있는 내가 사이비 종교에 빠져들기 시작한 게 아닌가, 이곳은 사실 태양신을 숭배하는 어떤 종교단체의 밀실 같은 곳이 아닌가 하는 의심을 하기도 했다. 그렇게 이곳을 계속 다녀야 할까, 말아야 할까를 진지하게 고민할 무렵, 우울이 다시 찾아왔고 나는 확신했다.

'이놈의 태양신은 지금의 나를 구제해 줄 수 없어!'

명상을 관두기로 했다. 그렇게 인생 첫 명상은 실패로 끝났다.

내 몸이 시키는 대로,
자유롭게

사랑한다는 말을 들었다. 제주도 동복리의 자그마한 게스트하우스에서 열흘 전 처음 만난 이에게 말이다. 그와는 3일 동안 게스트하우스 옆 방에 묵었고, 이후에는 제주의 각기 다른 지역을 여행하다 종달리라는 작은 마을에서 우연히 다시 한번 마주쳤다. 옛날의 나였다면, 여행지에서 생긴 이런 우연을 인연으로 착각했을지도 모르겠다. 그가 그러했듯 말이다. 하지만 이번 여행은 내게 도피 그 이상도 이하도 아니었고, 마음속엔 낭만 한 줄기 들어갈 자리도 남아있지 않았다. 그래서 우연히 마주쳐 깊은 반가움을 표시하는 그에게 나는 은근히 불편한 기색을 내비쳤다. 다행히 그도 이내 눈치를 챘는지 내게서 몇 걸음 떨어진 곳에 멈춰 서주었다. 그러다 며칠 후 떠나가는 내게 말없이 편지 한 통을 쥐어 준 것이다.

'이 말을 하고 싶었어. 너를 사랑해.'

편지의 끝맺음은 이러했다. 호감이 간다, 좋아한다도 아닌 사랑한다라니! 이런 혈기 넘치는 고백은 이십 대의 전유물이 아니었던가. 솔직히 말해 나는 내가 가끔 반짝일 때의 모습이 누군가에게 매력적으로 보일 수도 있다는 것을 잘 알고 있다. 그래서 사랑을 받고 싶을 때면 그런 모습을 열심히 내비치곤 했다. 하지만 이번 여행에서는 그럴 이유도, 그럴 여유도 없었다. 여행 내내 우울한 표정을 지었고, 비관적인 말투로 일관했다. 빛은커녕 어둠만이 가득했다. 그런데 나의 이런 그림자만 잔뜩 마주하고는 나를 사랑하게 되었다고? 나는 이해가 가지 않아 고개를 갸웃하며 편지를 다시 읽었다.

게스트 하우스의 유일한 손님인 나와 그, 그리고 그의 친한 동생은 늦은 밤 맥주 한 캔씩을 들고 숙소에서 가까운 밤바다를 보러 나갔다. 우리는 방파제 근처 정자에 앉아 서로 좋아하는 노래와 그 안에 담긴 지난 사랑 이야기 같은 것을 얕게 나누었다. 두 사람은 각자의 고민을 하나둘 꺼내 놓았고 나 역시 내 머릿속을 가득 채우고 있는 진짜 고민 대신 적당히 공감할 법한 이야기 몇 개를 풀어놓다가 대충 얼버무리며 마무리했다. 내 진짜 고민을 그들에게 굳이 말해야 할 필요가 없었기 때문이다. 우리는 그가 추천한 '프롬'의 〈달밤댄싱〉을 함께 들었다. 가사가 꽤 마음에 들었다.

"아무 생각 하지 않을래요. 오늘은 행복했으니, 아마 며칠쯤 더 견뎌 볼 수도 있어 나."

숙소로 돌아가는 길, 그가 이 노래에 맞추어 춤을 추었다. 꼭 만취한 사람처럼 흐느적거리는 팔다리의 모습이 엉성했고 한편으로는 요상했다. 참고로 우리는 전혀 취해 있지 않았다. 나도 덩달아 어깨를 살짝 들썩였지만 구태여 힘을 빼지는 않았다. 적당히 분위기에 맞추어 조금 흔들어 주었을 뿐이다.

그는 그날부터였던 것 같다고 편지에 썼다. 편지 봉투 속에는 그날 밤을 떠올리며 만들었다는 실 팔찌가 편지와 함께 들어 있었다. 그것을 팔에 끼워볼까 하다가 관두기로 했다. 내 머릿속은 지금 까만 밤에서 헤엄치기에도 바빠 '반짝이는' 이야기를 끼워 넣을 자리가 없어 미안하다고, 그에게 문자를 보낼까 하다가, 그것도 관두기로 했다. 나는 다 관두기로 했다.

이후에는 취다선에 머물렀다. 취다선은 서귀포시 성산읍에 위치한 쉼과 명상을 테마로 한 리조트다. 지상에는 숙소가 지하에는 인도네시아 발리를 연상시키는 이국적인 다실과 커다란 명상 홀이 있는데, 이곳에 머무는 숙박객은 각종 명상 혹은 요가 프로그램을 자유롭게 체험할 수 있다. 나는 '동적 명상'(Body to Mind)이라는 프로그램에 참여했다.

인도에서 오랜 기간 유학을 했다는 지도사는 나를 포함한 여덟 명의 참가자들을 둥그렇게 모여 서도록 했다. 곧이어 낯선 음악이 흘러나왔고 그녀는 음악에 맞춰 몸을 움직이기 시작했다. 그 움직임은 꼭 춤 같기도 하고, 뇌가 없는 좀비 같기도 하고, 또 자유로운 나비의 날갯짓 같기도 했다. 그녀는 말했다.

"무릎 아래를 원하는 대로 움직여주세요. 움직이고 싶은 대로. 내 몸이 시키는 대로, 아주 자유롭게. 자신의 발이 가고 싶은 곳으로 움직이면 돼요. 꼭 원을 따라 돌지 않아도 좋아요. 발을 자유롭게."

자유롭게. 그녀는 몇 번이나 이 말을 반복했다. 나는 그녀가 말한 자유가 낯설었다. 몸에 자유를 준다는 것이 어색하게 느껴졌고, 무엇보다 모르는 사람들 틈에서 우스꽝스러운 모양새로 몸을 움직이는 꼴이 부끄러웠다.

하지만 얼마간의 시간이 지나고, 점차 고조되는 음악 덕분인지, 아니면 홀 한가운데에서 점점 격하게 춤을 추는 그녀의 영향을 받아서인지, 나 역시 자연스럽게 몸을 움직일 수 있게 되었다. 그렇게 시간이 얼마나 흘렀을까, 이제 더 이상 내 모습이 어떻게 보이는지, 내가 팔다리를 어떻게 움직이고 있는지는 전혀 의식되지 않았다. 나뿐만 아니라 이 공간에 있는 모두가 그런 것처럼 보였다. 춤추는 사람들은 사라지고 춤만이 남았다.

다리부터 머리까지 서서히 힘을 빼고는 몸이 제멋대로 움직이게 두는 명상. 원하는 방향으로 걷고 달리며 춤추는 명상. 모든 근육을 완전히 이완하고 온전히 자유로운 나 자신이 되는 명상. 나는 난생처음 해보는 동적 명상에 완전히 매료되었다. 무릎 아래, 골반, 배, 가슴, 양팔과 어깨, 목, 마침내 머리까지. 명상을 하는 사이 그동안 쌓인 모든 긴장이 풀렸고, 나는 지금까지 살아오면서 가장 자유로운 기분을 느꼈다.

그동안 얼마나 몸에 힘을 주고 살아왔던 것일까. 어쩌면 내가 바라왔던 자유는 지구 밖이 아닌, 내 몸 안에 있었는지도 모르겠다는 생각이 들었고, 눈물이 조금 터져 나왔다.

누군가의 눈에는 기괴하게 비쳤을지 모를 아침을 보내고, 나는 다시 방으로 돌아왔다. 포근한 침대에 안겨 천장을 바라보고 있자니 문득 내게 고백을 했던 그가 떠올랐다. 정확히는 그와 함께 춤을 추었던 달밤의 기억이 떠올랐다. 조금 전까지 우리 모두가 추었던 자유로운 춤사위는 그 밤 그가 추었던 춤과 닮아있었다. 어쩌면 그는 내게 온전히 자신을 내어 보였는지도 모른다. 그래서 기꺼이 사랑이라는 표현을 할 수 있었는지도.

그날 밤, 그에게 내가 가진 진짜 고민을 이야기했더라면, 남들은 참 쉽게도 가는 길이 내겐 왜 이리 버거운 건지 모르겠다고, 이젠 너무도 피곤하고 지쳐서 별을 찾아가려는 노력조차도 다 관두고 싶다고 솔직하게 털어놓았더라면, 아니, 눈물이라도 펑펑 쏟아내 보였더라면, 그리고는 그와 함께 온몸에 힘을 빼고 춤을 추었더라면, 나 역시 그 밤, 사랑에 빠질 수도 있었을까……?

글쎄, 모를 일이다.

사랑받는다는 위로감

하지만 있잖아. 빛을 내비치지 않아도 사랑받을 수 있다는 사실이 그즈음의 내게 얼마나 큰 위로가 됐는지, 당신은 모를 거야.

그저 X와 Y, Z일 뿐

“감옥이 아름다운 공간이라면 과연 누가 그곳을 떠나고 싶어 하겠는가? 그대가 감옥에 있고, 그곳을 나오려고 애쓰지 않는다면, 다시 들여다보라. 거기에는 그대를 사로잡고 있는 뭔가가 있는 게 분명하다. …… (중략) …… 이제 자신의 불행을 다시 한번 들여다보라. 처음부터 그것을 비난하지 말라. 애초부터 그것을 비난하면 그대는 주시할 수 없고 관찰할 수 없게 된다. 사실 그것을 불행이라고 부르지도 말라. 우리의 말은 함축된 의미를 갖고 있다. 그것을 불행이라고 부르면, 그대는 이미 그것을 비난한 셈이다. 무언가를 비난하면, 그것을 차단하게 되고, 그것을 바라보지도 않게 된다. 차라리 그것들을 X, Y, Z로 불러라.” (서미영 옮김 『오

쇼의 액티브 명상』 중에서)

제주에서의 특별한 경험을 바탕으로 나는 또다시 명상을 통해 나를 여행해 보기로 결심했다. 알아보니, 내가 제주에서 경험한 것은 인도의 유명한 철학자 오쇼 라즈니쉬의 명상법 중 일부이며, 국내에도 그것을 전문적으로 배울 수 있는 명상 센터가 한 곳 있었다. 처음에는 매주 수요일 저녁 일곱 시에 열리는 무료 체험 프로그램만 참여하다가, 한 달이 지난 후엔 유료 수업도 듣기 시작했다.

그렇게 약 3달 동안 한 주도 빠짐없이 그곳에 가 쿤달리니, 래핑드럼, 데바바니, 옴 만트라, 다이내믹 등으로 불리는 다양한 명상법을 배웠다. 그중 내가 제일 좋아한 시간은 다이내믹으로, 우리 안에 억눌린 감정과 스트레스 등을 울고, 웃고, 소리 지르고, 춤추며 느끼는 카타르시스를 통해 해소하는 명상법이다. 모르는 사람이 본다면, 단체로 소리 지르는 모습이 미친 줄 알고 경찰서에 신고할 수도 있을 법한 방식이었지만, 나는 그 어떤 시선도 신경 쓰지 않고 음악에 몸을 맞춰 춤추고 소리 지르며 내 몸과 마음이 '제대로' 미쳐보는 그 시간이 너무나 좋았다. 그 광기 어린 시간은 서른 해 동안 쌓이고 쌓여 굳어버린 긴장의 퇴적물을 조금씩 긁어내어 집으로 돌아가는 발걸음을 한결 가볍게 해주었으니까.

오쇼 라즈니쉬는 말했다. 그대가 불행한 것은 그대가 삶을 너무 심각하게 받아들였기 때문이라고. 나는 고개를 끄덕였다. 맞다. 무거운 것들은 바다 밑으로 침몰하기 마련이지. 오래도록 떠다니다가 마침내 뭍에 도착하는 것은 늘 가벼운 마음들이다.

어쩌면 그간 내가 불행이라고 여겨 오던 모든 일련의 사건들은 오쇼 라즈니쉬의 충고처럼, 그저 나를 스쳐 가는 X와 Y, 그리고 Z였는지도 모른다. 일의 어그러짐, 누군가의 비난, 연인과의 이별, 경제적 문제 등 이 모든 것을 불행이라고 통칭해 버린 탓에 나는 이것들을 각각의 사건으로 바라보지 못했고, 그 결과 만들어진 거대한 부유물 덩어리에 깔려 심해 깊은 곳으로 가라앉게 된 것이다.

나는 심해로 추락했고, 그곳에서 우울이라는 감옥을 쌓아 올렸다. 그리고는 내가 만든 감옥 속으로 스스로 걸어 들어갔다. 그런데 문제는 이 감옥이 제법 달콤했다는 거다. 이 달콤한 감옥 안에서 나는 스스로를 조금 소홀히 대해도 되었고, 다른 이와의 관계에서 먼저 등을 돌려도 괜찮았다. 휴대폰을 꺼버린 채 아무것도 해결하지 않아도, 무기력한 하루로 나의 일상을 가득 채워도 아무 문제가 없었다. 우울이 그 모든 도피의 명분이 되어주었으니까.

나는 깨달았다. 이 심해의 바닥에서 벗어나기 위해서는 내가 걸어 들어간 달콤한 감옥에서 먼저 빠져나와야 한다는 것을. 그러기 위해서는 내가 불행이라 칭한 것의 본질을 있는 그대로 마주해야 한다는 것을. 나를 짓누르고 있는 거대한 돌덩어리를 잘게 쪼개고 쪼개자 비로소 수면 위로 올라갈 수 있었다. 이렇게 한결 가벼워진 몸으로 바다를 부유하다 보면, 언젠가 기어이 뭍에 닿는 날도 오게 될 테지.

아주 오랜만에 동네를 산책했다. 노란 가로등 빛을 따라 관악구의 좁은 골목을 걷고 또 걸었다. 어느덧 차가워진 공기가 이마를 스쳤다. 걸음을 멈추고 주변을 둘러보니 초겨울의 옷을 입은 세상은 생각보다 그리 심각하지 않게 흘러가고 있었다.

내가 불행한 것은 내가 삶을 너무 심각하게 받아들였기 때문인지도 모른다

불행은 아무것도 아니다. 그저 스쳐 가는 X와 Y, 그리고 Z인지도.

자신감

자신감을 찾는 것보다 중요한 건

자신이 되는 것.

내 장례식에는 어떤 음악을 틀까?

대체로 살만하고, 이따금 죽고 싶다.

마음 회복을 위해 이래저래 발버둥을 치고 있지만, 간혹 잠이 오지 않는 새벽이면 여전히 습관처럼 생의 끝을 떠올린다. 대단한 이유는 없다. 그저 하루하루를 살아내는 일이 피곤해서 그렇다. 수많은 회사원들이 가슴 속에 사표를 품고 출근하듯, 나는 삶의 사표 한 장을 품고 사는 듯하다. 하지만 결코 누군가에게 꺼내어 보이지 않는 비밀스럽고도 막연한 그것.

유난히 생각이 꼬리에 꼬리를 물고 이어지는 날이면 상상은 어느덧 사람들이 모여든 나의 장례식장까지 다다르곤 한다. 기왕이면 내 생의 전시회인 듯, 장례식장 입구부터 내 일생을 담은 사진들이 줄지어 걸려있다면 좋겠는데……. 곡소리 대신 내가 좋아하던 노래가 울려 퍼지고, 소주보단 와인을 마시며 나를 기려주면 좋겠는데……. 퇴사 전 세계 일주를 상상하던 그 밤처럼, 이렇게 눈을 감고 나의 죽음에 대해 골몰하자면, 꼭 뒤따라오는 생각이 하나 있다.

아, 돈 아깝다.

2평짜리 고시원에 살던 시절, 나는 언젠가는 화장실이 딸린 원룸으로, 그리고 또 언젠가는 방 두 개에 거실까지 있는 곳으로 나의 바다를 넓혀가리라 다짐했다. 그 생각을 하며 열심히 돈을 벌었다. 상업적이라 비난을 받은 적도 있었지만 크게 개의치 않았다. 나의 여행은 가난할지언정, 오랜 여행 끝에 돌아온 여행자의 안식처는 가난하지 않기를 바랐다.

그렇게 보증금을 모아 6평짜리 원룸에 처음 발을 들이던 날, 나는 날아갈 듯 기뻤다. 이후에도 계속 돈을 모았다. 얼마 지나지 않아 통장에 찍히게 된 몇천만 원. 누군가에겐 그리 큰돈이 아닐지 몰라도 내게는 결코 적지 않은 액수였다. 그러니 내 장례식을 상상하는 오늘의 나는 이 통장을 두고서

는 도무지 눈을 감을 수가 없겠는 거다.

'그래, 어차피 죽을 거라면 통장에 있는 돈이나 다 쓰게, 딱 1년만 있다가 죽자.'

진짜 죽으려고 마음먹었냐고 묻는다면, 사실은 잘 모르겠다. 당시 나는 명상을 배우며 우울에서 벗어나기 위해 안간힘을 쓰고 있었고, 실제로 조금씩 괜찮아지고 있었으니까. 하지만 때로는 어쩔 도리없이 폐허처럼 속절없이 무너져 내리는 날도 있었다. 왜 관성적인 우울을 소나기처럼 맞닥뜨리는 날이 있지 않은가.

그렇다면 어디에 돈을 쓰는 게 좋을까?

명품에는 관심이 없다. 여행도 원 없이 했다. 문화생활도 그다지. 막상 돈을 쓰려고 하니 쓸 곳이 없다. 그냥 하고 싶은 게 떠오르면 그게 뭐가 됐든, 얼마가 필요하든 닥치는 대로 해봐야겠다고 다짐했다.

그로부터 반년이 흘렀다. 여행 빼고는 마땅한 취미가 없던 나는 어느새 엄청난 취미 부자가 되어있었다. 언젠가 여행지에서 타로 카드를 꺼낸 이가 멋있어 보였던 기억에 이십몇만 원짜리 인터넷 강의를 결제해 타로 카드를 배웠다. 유튜브에서 본 적 있던 영롱한 악기 칼림바도 주문했다. 우울의 실체를 알고 싶어 심리학 수업을 들었고(더 우울해지는 기분이라 중간에 관뒀지만), 나무를 만지고 싶어 라탄 공예를 시작했다. 낡고 자그마한 카페에서 인도 짜이를 파는 내 모습을 상상하다 커피와 차를 배우게 되었고, 백만 원이 훌쩍 넘는 싱잉볼 세트를 구매해 수시로 두들겨 댔다.

예전의 나라면 상상도 할 수 없는 과소비였지만, 내가 일

년 후 세상을 떠난다고 가정해두니 아까울 것이 전혀 없었다. 남겨둔 돈으로 하늘나라에서 전세방이라도 구할 수 있다면 모를까.

다행스럽게도 무언가 새로운 것을 배울수록, 낯선 세계에 대한 신선한 감각과 간만에 느끼는 성취감으로 기분이 조금씩 나아지곤 했다. 그렇게 점점 더 새로운 취미에 몰두하게 됐고, 언젠가부터는 이것들을 수익화할 직업적인 의욕도 조금씩 생겨나기 시작했다. 그러던 어느 날, 내가 꽤 오랫동안 죽음에 대해 일절 떠올리지 않았다는 사실을 깨달았다. 드디어 우울의 끝이 보이는구나 싶어 몹시 기뻤다.

하지만 그것은 그리 오래 가지 못했다.

0원.

통장 잔고가 가벼워지다 못해 0원이 되는 순간이, 기어이 찾아온 것이다. (물론 보증금 등으로 묶인 돈이 있기는 하지만 그것을 당장 현금으로 융통할 수는 없는 상태였다.) 이제 배우기는커녕 생활비를 걱정해야 하는 처지가 된 거다. 신나게 취미생활을 누리던 베짱이의 삶에 빨간 불이 들어왔고, 나는 다시 돈을 벌어야만 했다. 이제는 하고 싶은 것이 있어도, 배우고 싶은 것이 생겨도 참아야만 한다. 그간 즐기던 취미들도 이전처럼 자유로이 만끽할 수는 없다. 이 사실을 직면하고 나서야 나는 깨달을 수 있었다. 이 또한 결국 도피에 불과했다는 걸.

비록 통장은 가벼워졌지만, 취미 부자로 살았던 시간은 내게 분명 큰 도움이 되었다. 나는 덕분에 지독한 무기력의 늪에서 빠져나올 수 있었고, 새로운 일에 대한 흥미도, 자신감도 갖게 되었다. 다양한 세계를 경험할 수 있었고, 원한다면 새로운 직업을 가질 수 있다는 생각도 들었다. 그러니 주변 누군가가 극단적인 수준의 우울을 겪고 있다면, 나는 내가 그러했듯 죽기 전까지 딱 일 년만 하고 싶은 거 다 하며 돈이라도 써보라고, 기꺼이 그렇게 말해줄 것이다. 심장이 멈추었다면 갈비뼈가 부러질지언정 심폐소생술을 해주어야 하니까.

하지만 다시 본질로 돌아와 보면, 이건 내가 도피를 위해 떠났던 여행과 별반 다르지 않았다. 여행에서 아무리 대단한 도파민의 분비를 느낄지라도 결국은 일상으로 돌아오는 것처럼, 더 이상 내게 무언가를 배울 돈이나 시간이 충분하지 않게 된다면? 혹은 건강상의 문제로 즐겨 오던 취미를 관두어야 하는 상황이 된다면? 새롭던 모든 것들에 대해 권태감을 느끼게 된다면? 그럼 언제든 다시 우울로 빠져들 수 있는 노릇 아닌가.

취미 부자든, 여행쟁이든, 금사빠든, 그것들이 오늘을 살아내는 데 도움이 된다면 뭐가 나쁘겠는가. 다만 그런 외부적인 요소들에만 의존하거나 집착해서는 안 된다는 사실을, 그것들이 근본적인 해결책이 되지는 않는다는 것을, 잔고가 0원이 되어버린 오늘에서야 나는 여실히 깨달았다. 당장 더 배우고 싶은 것들이 있는데, 그것들을 배울 수 없게 되자 마음속에 검은 기운이 스멀스멀 차오르는 것이, 꼭 여행을 급히 중단하고 귀국하는 비행기 안인 듯했다.

취미에 흠뻑 빠져 있던 내 근황에 관심을 가졌던 이에게 미루어 온 메시지를 보냈다.

- 있잖아, 나 어느 순간부턴 취미 그 자체보단 그냥 새로운 감각만 쫓고 있던 건지도 모르겠어.
- 그럼 안 되나?
- 뭐, 이게 내 기분 전환에 도움이 된 건 맞지만, 근본적인 답은 아니었던 것 같아.
- 그럼, 근본적인 답은 뭔데?

고개를 돌려 거울 속 나를 바라본다. 확실한 것 하나는 외부에서 찾은 낙원은 대안일지언정 영원한 정답과 해결책이 될 수는 없다는 것. 그렇다면 진정한 답과 해결책은 어디에 있고, 누가 가지고 있을까?

그건 아마도, 너겠지.

Part. 2

안녕, 나의 행복했던 순간들

이젠 진심으로 웃을 수 있겠구나
열흘간의 명상 일기

☽

D-1 운 좋게 입소에 성공

- 많이 힘들 거야. 중간에 너무 힘들면 속으로 나 욕해도 돼.
- 오~예! 욕할 대상 생겼다. 알겠어요!

긴장 가득한 마음으로 마지막 메시지를 남겼다. 상대는 세계 여행 중 네팔과 이집트에서 우연히 만난 인연. 그는 요가와 명상을 즐기는 여행자였는데, 명상을 제대로 배워보고 싶다는 내 말을 듣고 담마코리아 위빳사나에 대해 알려주었다. 그의 말에 따르면 꼭두새벽부터 밤늦게까지 온종일 앉아 밥도 제대로 못 먹고, 대화도 나눌 수 없고, 핸드폰 및 전자

기기도 없이 열흘 내내 명상만 한다는 곳. 다채롭게 응용된 새로운 방법의 명상이 아니라, 가장 기본적이고 근본적인 명상법을 배울 수 있다는 곳. 나는 그곳으로 떠나기로 했다.

위빳사나는 '있는 그대로 알아차리는 것(통찰력)'을 뜻하는 말로, 인도에서 가장 전통 깊은 명상법 중 하나다. 그 중 사야지 우 바 킨 스승의 전통에 따라 고엔카 선생님이 가르치는 위빳사나 명상센터는 전 세계에 200여 곳이나 있고, 그 중 한국 지부인 담마코리아 명상센터가 바로 전라북도 진안에 있다.

내가 다녔던 첫 명상원과는 달리 이곳은 모든 것이 무료다. 물론 명상 코스가 끝나는 마지막 날 기부하는 시간이 있고, 대부분 감사하는 마음에 성의껏 금액을 기부한다고는 하지만, 거기에는 어떠한 의무도 강요도 없다. 그렇기에 수련생의 생활 지도, 식사 준비, 행정 업무, 시설 관리 등 이곳의 모든 시스템은 기부와 봉사를 통해 운영된다. 아마 국내에서 숙식이 가능하며 무료로 명상 수련을 할 수 있는 곳은 이곳이 유일무이하지 않을까 싶다.

이곳에서는 신입 수련생이라면 무조건 10일 코스에 참여해야 하는데, 가는 날과 마치는 날을 포함하면 총 12일이 소요되니 누구나 참여하기에는 쉽지 않은 일정이다. 그런데도 이미 명상가들 사이에선 굉장히 유명해, 코스가 열리면 선착순 모집에 들기 위해 티켓팅 전쟁이 펼쳐진다. 나는 이미 두 차례나 클릭 전쟁에서 패한 터였다. 그렇게 반포기 상태로 있는데 갑자기 전화가 걸려 온 것이다. 코스 시작 이틀 전 갑작스럽게 취소자가 생겼는데 혹시 참여하겠냐고. 나는 고민할 것도 없이 바로 답했다.

"네, 갈게요."

전화를 끊고 곧바로 짐을 챙기기 시작했다. 운이 좋았다.

그런데 기쁜 마음으로 코스에 참여하게 되었다고 말하자, 정작 이곳을 내게 추천해 준 이가 이제 와 겁을 주기 시작하는 거다. 생각보다 고통스러운 시간일 것이라고. 일정을 마치지 못하고 포기하는 이들도 상당히 많다며 말이다.

그의 말을 듣고 나는 생각했다. 명상이 제아무리 고통스럽다고 할지언정, 아무것도 하지 않고 우울 속에서 발버둥치는 오늘보다 고통스러울까. 분명, 그때의 나는 명상이 간절했다. 아니, 꼭 명상이 아니더라도 나를 위한 무언가가 간절했던 것 같다.

D-day 낙원이 될지, 감옥이 될지

"자, 마음의 준비가 되셨나요?"

선뜻 대답이 나오지 않는다. 이렇게 진지한 표정으로 물어볼 만큼 대단한 마음의 준비가 필요한 일인 건가? 깊게 고민할 틈도 없이 정신없이 짐을 챙겨 떠나온 건데, 과연 나는 마음이 준비란 게 된 걸까?

내가 대답을 주저하고 있자 접수를 담당하는 봉사자분이 옅은 미소를 지어 보인다. 적당한 무게감이 느껴지는 미소였다. 마음의 준비가 된 건지 어떤 건지는 잘 모르겠지만, 어쩐지 안 됐다고 답하면 버스 두 번에 기차 한 번, 택시 한 번, 총 6시간 반이나 걸려서 온 길을 되돌아가라고 할 것만 같다. 그래, 인제 와서 준비가 안 됐으면 뭐 어쩌겠는가. 나는 조심스레 답했다.

"네, 됐습니다."

휴대폰과 이어폰, 책 두 권을 제출하고 생활실을 배정받았다. 내게 주어진 공간은 4평 남짓. 대단할 것도 나쁠 것도 없는 말끔한 공간. 원래는 두 명이 나눠 썼는데, 코로나로 인해 규정이 바뀌어 혼자 쓰게 되었다고 한다. 다행이다. 모르는 사람과 열흘 동안이나 한 공간을 쓰는 일은 생각만 해도 불편하다. 난방 시스템이 따로 없어 방은 한기로 가득했지만, 뭇별이 그대로 비추어 보이는 창문이 퍽 마음에 들었다.

이곳이 낙원이 되어줄지, 혹은 감옥이 될지는 지내다 보면 알게 되겠지.

〈이곳의 규율〉

1. 다른 수행법, 의례나 예배 행위를 삼간다.
2. 침묵을 지켜야 한다. (동료 학생과 의사소통, 몸짓이나 신호, 메모를 주고받아서는 안 된다.)
3. 철저한 남녀 분리를 지킨다. (코스 중에는 부부나 연인이라도 서

로 만날 수 없다.)

4. 동성이나 이성 사이에 어떠한 신체 접촉도 하지 않는다.
5. 요가나 운동을 삼간다. (지정된 장소에서 산책을 할 수는 있다.)
6. 담배 및 모든 약물을 금기한다. (의사의 처방에 따라 약을 복용해야 할 경우 사전에 알린다.)
7. 채식 식사를 진행한다.
8. 부분적인 신체의 노출도 허용되지 않는다.
9. 코스가 끝나기 전까지 편지, 전화, 방문객 등 외부와의 연락은 일절 허용되지 않는다. (핸드폰을 포함한 전자 기기는 코스가 끝날 때까지 운영진에게 맡겨 둔다.)
10. 음악 듣기, 악기 연주, 각종 읽기와 쓰기 모두 허용되지 않는다.

D+1 망했다! 너무 힘들어

따다 다다~.

시끄러운 알람 소리에 깜짝 놀라 눈을 떴다. 잠귀 어둡기로 둘째가라면 서러운 나지만, 이곳에서는 달랐다. 일어나기 싫고 좋고를 생각할 겨를조차 없었다. 이곳은 너무나 고요해 이런 알람 소리조차 너무나 자극적으로 공기를 흔든다. 지난밤 옆 방의 뒤척이는 소리까지 생생하게 들렸던 걸 보면, 내 알람 소리는 반대쪽 제일 끝 방에 묵는 사람까지도 깨웠을 것이 분명하다. 휴대폰 대신 챙겨온 이 알람 시계는 더 이상 사용할 수 없겠군, 생각하며 몸을 일으켰다.

시간을 보니 새벽 4시 10분. 공용 화장실에서 온몸을 달달 떨며 찬물에 세수를 한 후, 옷을 몇 겹씩 껴입고 명상홀로 향했다. 명상홀 건물로 가려면 야외 산책로를 지나야 한다. 캄캄한 어둠 속 볼에 닿는 12월의 새벽 공기는 너무도 날카로웠다.

수련생들끼리는 서로를 쳐다보지도, 대화를 나누지도 말라고 했지만 호기심에 슬쩍 눈동자를 굴려본다. 왼편에는 여자 수련생들이, 오른편에는 남자 수련생들이 앉아 있고, 인원은 대략 50명쯤 되어 보였다. 잠시 후, 나이 지긋한 여자가 단상 위에 올라가 가부좌를 틀었다. 이윽고 명상을 지도하는 음성이 들려오기 시작했다.

〈이곳의 일과〉

4:00 am			기상
4:30	–	6:30 am	홀이나 숙소에서 명상
6:30	–	8:00 am	아침 식사
8:00	–	9:00 am	홀에서 단체 명상
9:00	–	11:00 am	지도 선생님의 지시에 따라 홀이나

			숙소에서 명상
11:00	–	12:00 am	점심 식사
12:00	–	1:00 pm	휴식 및 지도 선생님과의 면담
1:00	–	2:30 pm	홀이나 숙소에서 명상
2:30	–	3:30 pm	홀에서 단체 명상
3:30	–	5:00 pm	지도 선생님의 지시에 따라 홀이나 숙소에서 명상
5:00	–	6:00 pm	차 마시는 시간
6:00	–	7:00 pm	홀에서 단체 명상
7:00	–	8:15 pm	홀에서 고엔카 선생님 법문
8:15	–	9:00 pm	홀에서 단체 명상
9:00	–	9:30 pm	질문 시간
9:30 pm			취침 소등

처음 3일 동안은 아나빠나(호흡 집중 명상), 다음 6일 동안은 위빳사나(통찰 명상), 그리고 마지막 하루는 멧따(자애 명상)를 진행한다고 한다. 오늘은 그 시작점으로 가만히 앉아 코끝에서 호흡이 들어오고 나가는 것만 바라보면 되는데, 이 명상은 마음을 가라앉히고 집중력을 키워주며, 추후 진행되는 위빳사나의 초석이 되어준다고 한다. 그리고 그것이 방금 막 시작되었다.

'잠깐만, 방금? 아니, 체감상으로는 1시간은 족히 넘은 것

같은데.'

명상을 시작한 지 얼마 지나지 않아 나는 떠올렸다. 원체 다리 저림이 심해 평소 좌식 식당에서 밥을 먹는 것조차 힘들어했던 나를 말이다. 아니나 다를까, 체감상 10분도 채 되지 않아 다리에 피가 통하지 않아 감각조차 없는 상태가 되었고, 여기에 1년 넘게 도수 치료를 받고 있는 목까지 통증이 느껴지기 시작했다. 마음이 앞서 신체적 문제에 대해서는 전혀 고려하지 못했던 것이다.

그런데 더 문제는 오늘의 일정이 무려 16시간이나 남아있으며, 앞으로 열흘 동안 이 고통을 고스란히 느껴야 한다는 것. 그 사실을 깨닫자 숨이 턱 막혀왔다.

'와! 진짜 망했다.'

명상을 시작하기 전 사전 설명에 따르면, 매회 명상이 끝날 때마다 고엔카 선생님의 음성이 나온다고 한다.

"바와뚜~ 살룻~ 만들랑~." (세상 모두가 행복하길.)

그러면 수련생은 이렇게 답하며 명상을 마치면 된단다.

"사두! 사두! 사두!" (옳습니다! 옳습니다! 옳습니다!)

설명을 들으며 나는 생각했다. 내가 진심으로 저 대답을 할 수 있을까? 아직 나부터가 행복하지 않아서, 세상의 행복까지 빌어줄 아량이 내게는 없는데. 나는 진심이 우러나지 않으면 이 말을 하지 말아야겠다고 다짐했다. 굳이 여기까지 와서 거짓을 할 필요는 없으니 혹시나 지적이라도 받는다면 대충 립싱크만 하지 뭐, 라며 말이다. 하지만 새벽 4시 30분부터 6시 30분까지, 두 다리와 목, 그리고 허리까지 고통스럽기 그지 없던 2시간의 첫 명상이 끝나고, 고대하던 고엔카 선생님의 음성이 울려 퍼지자, 나는 앞선 고민과 다짐이 무색하게 누구보다 큰 소리로 외쳤다.

"사두! 사두! 사두!"

얏호, 드디어 끝났다!

D+2 배고파, 배고파

시계가 고장 난 게 분명했다. 아니면 내가 고장 났던가. 내가 살던 원래 세상에서의 하루는 이곳에서의 1시간쯤 되는 것만 같다. 만약 당신이 요즘 들어 시간이 너무 빨리 흘러가는 것 같아 아쉽고 또 불안하다면 담마코리아 입소를 강력하게 권하는 바이다. 온종일 명상만 하는 하루는 그 어느 때보다 느리게 흘러갈 테니 말이다. 혹시 잘못 센 걸까, 몇 번이나 손가락을 접어 보아도 퇴소일까지는 분명 9일이나 남았다. 그토록 들어오고 싶었던 곳이 고작 이틀째부터 탈출하고 싶은 감옥처럼 느껴지게 될 줄이야.

'아니, 나만 힘든 거야? 하루 종일 눈 감고 가만히 앉아있는 게, 나만 아프고 못 버티겠는 거야?'

명상 도중 슬쩍 눈을 떠 주위를 둘러보니 다들 평화로운 얼굴이다. 그들의 평화로운 얼굴 앞에서 나의 불평화는 더욱 거세진다(뭐, 시간이 흐른 후 그들 역시 평화롭지 않았다는 걸 알게 되었지만 말이다). 온종일 반가부좌를 트는 일은 내 엉치뼈부터 허리, 목, 무릎 등을 사정없이 자극했고, 명상 외엔 운동조차 금기하는 이곳에서 통증은 좀처럼 회복될 줄 몰랐다.

고통스러운 것은 통증뿐만이 아니었다. 이곳에서의 식사는 아침 6시 반과 오전 11시, 단 두 번뿐이다. 나와 같은 신입 수련생들은 오후 5시 차를 마시는 시간에 뻥튀기를 곁들이는 게 허용되긴 하지만, 그것만으로 밤 9시 반까지 이어지는 일정을 소화하기에는 무리다. 야식을 포함해 하루 네 끼를 꼬박꼬박 먹어 오던 내게 이건 고문과 다름 없었다. 저녁 명상을 할 때마다 뱃속에서 나는 꼬르륵 소리에 집중이 깨졌다. 세계 곳곳을 여행하며 길바닥이든 산이든 어디서든 잘 자던 나였지만, 이곳에서는 쉽사리 잠을 이룰 수가 없었다.

배고픔 때문에 말이다.

이곳에 갓 도착했을 때까지만 해도 평화로운 분위기가 마음에 들어 매년 꼭 와야겠다고 다짐했지만, 지금이라도 그 다짐을 정정해 본다. 이 고통의 소굴에 내 발로 다시 찾아오는 일은 결코 없으리라.

D+3 행복했던 순간들을 떠나보내기

매일 저녁 7시는 고엔카 선생님의 법문 시간이다. 그 시간은 천국과도 같다. 다리를 쭉 펴고 등을 기대앉는 게 유일하게 허용되기 때문이다. 오늘의 법문 내용은 반년 전 다녔던 동네 명상원에서 도우미가 이야기하던 것과 맥이 통했다.

'과거의 행복했던 순간을 갈망하지 말라.'

동네 명상원에서 처음 그 말을 들었을 땐 가장 먼저 거부감이 들었다. 여행 중 행복해하던 무수한 순간을 떠올렸고, 왜 그것들을 그리워하면 안 되는가를 반문했으며, 모든 소중한 기억을 꽁꽁 붙들고자 했다. 하지만 이제는 안다. 흘러가는 강물을 막는 어리석은 댐이 결국 오늘을 오염시킨다는 것을 말이다.

이곳에 입소하기 전, 누군가 내게 가장 행복했던 순간이 언제였냐고 물었다. 나는 2018년에 했던 첫 북 콘서트라고 대답했다. 너무 긴장해서 무슨 말을 했는지 기억도 안 나고, 자꾸만 얼굴이 달아올랐던 그날. 하지만 퇴사 후 내가 원하던 것을 처음으로 이루어 내고, 내가 만든 결과물이 많은 사람들에게 사랑받고 있다는 것을 처음으로 알게 된 순간, 나는 이루 말할 수 없는 벅찬 성취감을 느꼈다. 그런데 문제는 그날 이후, 내가 만드는 결과물이 이전만큼 사랑받지 못한다는 것을 느낄 때마다, 나는 옛날을 떠올리며 그날로 돌아가기를 갈망하는 동시에 현재의 나에게 절망했던 것이다. 그것이 내 불행의 시작점이었다.

나는 이제야 행복했던 내 지난 순간들을 완전히 놓아줄 수 있을 것 같았다. 그것들을 모조리 놓아주어야만 내게 찾아오는 모든 오늘을 오롯이 만끽할 수 있을 것이다. 지난 사랑을 완전히 흘려보내야만 오늘의 누군가를 온전히 사랑할 수 있는 것처럼 말이다.

나는 가슴이 조금 뛰었다. 새로운 인연을 마주할 준비가 된 사람처럼, 이제 나의 오늘을 진정으로 사랑할 수 있을 것만 같아서, 다시 나아갈 수 있을 것 같아서.

D+4 통증은 하나의 감각일 뿐

오늘부터 본격적으로 위빳사나 수련이 시작되었다. 이제는 단순히 호흡에 집중하는 것이 아니라, 머리부터 발끝까지 온몸의 감각을 가만히 바라보아야 한다. 감각들이 생겨나고 사라지는 과정을 있는 그대로 지켜보고, 결국 그것을 통해 '세상 모든 것은 흘러간다'라는 진리를 통찰하는 것이다. 이 수련과 함께 하루 세 번 악명 높은 아딧타나(강한 결심으로 앉기)가 진행된다.

아딧타나란, 뜻 그대로 아주 강한 결심을 갖고 가만히 앉아 한 시간 동안 한치의 움직임도 없이 명상을 하는 거다. 지금까지의 명상에서는 뺨이 간지러울 때 슬쩍 긁을 수도 있었고, 다리에 피가 통하지 않으면 살짝 다리 위치를 바꾸어 줄 수도 있었다. 하지만 아딧타나 시간에는 이 모든 것이 허용되지 않는다. 할 수 있는 가장 강한 결심으로 부동자세를 유지해야만 한다.

나의 첫 아딧타나는 처음에는 끔찍하다가, 시간이 조금 지나서는 신기했으며, 결국 다시 끔찍해졌다. 시작은 고질적인 목 통증. 같은 자세로 조금만 가만히 있어도 목에서 참을 수 없는 통증이 일어나 평소 작업할 때는 물론, 영화를 볼

때도 목을 정신 사나울 만큼 끊임없이 돌려 대던 나였다. 아니나 다를까, 부동 자세를 유지하는 건 내게 고문과 별반 다를 바 없었다.

'그래, 미칠 것 같긴 하지만, 뭐 죽는 것도 아니고……, 어떻게든 한번 견뎌 보자.'

아딧타나는 고통을 도구로 사용한다. 고통을 객관적으로 바라보는 방법을 배워 그것이 갈망 혹은 혐오의 반응으로 이어지지 않게 만드는 것, 당연하게 반응해 오던 나쁜 습관을 깨고 결국 모든 집착을 버리게 만드는 것, 그리고 그것을 삶에 접목시키는 것이 목표라고 한다. 나는 배운 그대로 속으로 되뇌었다.

'목의 아픈 감각을 불쾌함으로 연결시키지 말자. 통증은 그냥 흘러가는 감각 중 하나일 뿐이다. 그저 바라보자.'

그렇게 얼마의 시간이 흘렀을까. 50여 명이 모여있는 명상홀은 그 누구의 존재도 느껴지지 않을 만큼 고요했다. 옷소매가 스치는 작은 소리조차 들리지 않았다. 그리고 그 안에서 내게 놀라운 일이 벌어지고 있다는 걸 자각하는 데에는 오랜 시간이 걸리지 않았다.

어느 순간부터 나는 아픈 목을 잊은 채 명상에 완전히 몰두하고 있었다. 그렇다고 목 통증이 사라진 건 아니었는데,

그렇지만 그것을 괴롭다고도 느끼지 않고 있었다. 어쩌면 내가 통증이라 부르며 불편하다고 여겨 왔던 그것은, 그저 하나의 감각에 불과했던 건지도 모르겠다. 감각과 반응의 연결고리를 깨뜨리면 이토록 평화로워지는구나, 일상 속에서 나를 불편하게 만들던 무수한 것들도 내가 부정적으로 반응하지만 않으면 그저 흘려보낼 수 있겠구나. 나는 이 사실을 몸으로 깨우쳤다.

하지만 평화는 그리 오래 가지 않았다. 신기함과 기쁨도 잠시, 이번에는 골반이 비틀리는 듯한 새로운 통증이 올라온 거다. 한낱 감각에 불과할 뿐이다 하며 흘려보내려 했지만, 이번 건 강도가 좀 심각하다. 어느덧 식은땀까지 흐르기 시작하고, 나는 다시 참을 수 없이 고통스러워졌다. 젠장!

"사두! 사두! 사두!"

힘겹게 첫 아딧타나가 끝났다. 명상의 난이도가 올라가서일까, 오늘따라 유난히 고기반찬이 간절하다. 하지만 이곳은 철저하게 채식 식단으로 준비된다. 매일같이 나물, 두부, 김치가 종류를 바꾸어 가며 나왔다. 그걸 알면서도, 갈망하지 말자 다짐하면서도, 머릿속에 고기가 아른거리는 건 어쩔 도리가 없었다. 입소하기 직전 삼겹살 좀 푸짐히 먹어둘 걸 그랬다. 그런데 식당으로 들어선 순간, 나는 입을 다물 수 없었다. 반찬통 안에 익숙한 비주얼의 갈색 물체가 수북이 쌓여 있는 게 아닌가! 세상에, 콩불고기(콩으로 만든 채식 고기)가 나온 것이다!

'미쳤어! 너무 행복해!'

진짜 고기는 아니지만, 그와 별반 다르지 않은 식감이었다. 이곳에서 느낄 수 있을 거라곤 상상도 못 했던 맛. 심지어 양도 많았다! 나는 속으로 콧노래를 불러 대었다. 그러다 문득, '잠깐, 나 지금 너무 흥분했나? 늘 평정심을 유지하라 하셨는데…….'

심호흡을 하며 마음을 가라앉혀 본다. 콩고기를 갈망하지 말자, 갈망하지 말자, 아, 근데 너무 맛있다, 한 그릇 더? 아니야, 갈망하지 말라니까! 그러고 있자니 의구심이 차오르기 시작한다. 과연 이게 맞는 건가? 평정을 유지하기 위해 행복한 순간을 제대로 만끽하지 못하는 게 과연 올바른 삶일까? 늘 이래야만 한다면 과연 명상적인 삶은 내가 정말 바라는 삶이 맞는 걸까?

D+5 억누르지 않기, 갈망하지도 않기

하루의 모든 명상이 끝난 후, 수련생은 법사에게 개별적으로 질문할 수 있다. 질문 시간이 되자마자 나는 내 머릿속을 종일 근질거리게 만들었던 것들을 와르르 쏟아내었다.

"법사님, 저는 어제 콩불고기가 나와서 너무 행복했습니다."

그녀는 싱긋이 웃었다.

"그런데 오늘 식사 메뉴에는 콩불고기가 나오지 않았어요. 나물과 두부가 전부였지요. 하지만 그랬다고 해서 오늘 제가 불행한 건 아니었습니다. 이렇게 마음껏 행복해한다고 해서, 나중에 이것보다 행복하지 않은 상황을 만났을 때 꼭 불행해지는 건 아닌 것 같은데…… 행복한 순간에도 평정심을 유지하라고 하시니, 그 행복을 마음껏 느끼지 못하고 억눌러야 한다는 게 좀 슬퍼요. 행복하고 신이 날 때조차 계속해서 자제하고 평정심을 유지하는 게 맞는 건지, 저는 잘 모르겠어요."

"감사하고 행복한 마음 자체를 갖지 말아야 한다는 게 아니에요. 그 행복을 갈망하는 상카라가 문제인 거지요. 그 순간을 억지로 억누를 필요는 없어요. 다만 그 후에도 그것을 갈망하지 않도록, 마음을 있는 그대로 바라보며 집착하지 않으려고 노력할 필요가 있다는 거죠."

"억누르지 않되 갈망하지도 않는 것. 그 선을 넘어가지 않는 게 참 어려운 것 같아요. 순간에 행복해하면서도, 그것에 집착하지 않는 사람이라……. 말은 참 멋진데, 제가 그걸 해낼 수 있을지……."

뒷말을 흐리는 나를 향해 그녀는 말없이 웃어주었다. 그리곤 가만히 고개를 끄덕여주었다.

D+6 실수를 실수로만 받아들이기

눈을 떴는데, 어쩐지 느낌이 이상했다. 가만히 눈을 껌뻑여본다. 분명 종소리에 눈을 뜬 건 아닌 것 같은데……. 아, 이거 뭔가 익숙한 싸~함이다. 중요한 약속이 있는 날, 하필이면 핸드폰 배터리가 꺼져 버려 약속 시간이 다 되어서야 눈을 떴을 때, 마지막 지하철 안에서 잠깐 졸았는데 목적지를 한참이나 지나쳐서 깨어났을 때, 살면서 몇 번은 경험해보았던, 상황 파악이 채 되기 전 느끼는 몇 초간의 적막.

……!

황급히 시계를 보니 6시 40분. 이미 첫 명상이 끝나버린 시간이었다. 어제 분명 법사와의 문답을 마치고, 침대에 누워 열심히 해보겠노라 열정에 불타올랐는데, 소설이나 드라마에선 주인공이 어떤 계기로 열정을 품게 되면 180도 변한 모습을 보여주곤 하던데, 역시 현실은 다른 모양이다. 아니면 내가 소설이나 드라마의 주인공이 아니던가. 굳은 다짐을 한 지 채 12시간도 지나지 않아 나는 늦잠을 잔 한낱 지각쟁이가 되어버리고 만 거다.

스스로가 한심하기 그지없었다. 나는 이거밖에 안 되는구나 싶어 화가 나다가 문득 어제의 법문 내용이 떠올랐다.

"화가 일어날 때면 그 순간 몸에 일어나는 변화를 가만히 바라보십시오."

침대 맡에 걸터앉아 눈을 감고 호흡을 가다듬어 본다. 점차 마음이 가라앉는 것이 느껴졌다. 그래, 이 실수를 굳이 나에 대한 원망으로까지 끌고 올 필요는 없잖아.

법문 내용은 이렇게 이어졌다.

"실수를 했으면 그 사실을 받아들이세요. 그리고 또 반복하지 않도록 노력하세요. 그런데도 또 실수를 했다면, 다시 미소 짓고 다른 방법을 시도해 보세요. 실패를 마주했을 때 미소 지을 수 있다면 집착하지 않은 것입니다. 하지만 실패했을 땐 우울해지고, 성공했을 때만 행복해진다면 분명히 집착하고 있는 것입니다."

맞다, 내일은 늦잠을 자지 않게 더 신경 쓰면 되는 거고, 어제의 굳은 다짐은 지금부터 이어가면 그뿐이다. 명상적인 삶을 사는 것, 그래서 평화로운 하루를 보내야 한다는 것에조차 집착하지 말자. 그저 천천히 나아가자.

사람은 쉽게 바뀌지 않는다고 하지만, 여전히 나는 완벽과는 거리가 멀고 내 일상 속엔 실수가 가득하지만, 그래도 조금, 아주 조금씩은 변해가는 모양이다.

D+7 불안과 마주한다는 것

밤새 악몽을 잔뜩 꾸었다.

내가 명상원에 입소하기 전, 엄마는 심장이 좋지 않아 동네 내과에 갔다가, 큰 병원에서 정밀 검사를 받아보라는 소견을 받았다. 엄마는 대학 병원으로 가 다양한 검사를 받았다. 그 결과는 보다 더 세밀한 추가 검사가 필요하다는 것. 그런데 바로 오늘이 추가 검사를 받는 날이다. 무슨 큰 문제가 있는지도 모르는데, 엄마와 함께 병원에 가주어야 했는데, 급하게 이곳에 들어와 버리는 바람에 보호자 역할은커녕 결과도 알 수 없게 되어버린 것이다.

입소 기회가 온 것은 분명 내게 큰 행운이지만, 그런데도 거절했어야 하는 게 맞지 않았을까. 적어도 이번 검사는 엄마와 함께 갔어야 했는데, 내 마음 챙기겠다고 가족을 돌보지 못한 걸 두고두고 후회하게 되지는 않을까. 나는 불안하기만 했다.

'만약, 아주 만약에……, 아니다. 지금 이런 가정은 의미가 없어. 생각 자체를 하지 말자. 엄마는 괜찮을 거야. 아무 일 없을 거야.'

하지만 아무리 노력해도 쿵쿵대는 심장은 멈출 줄 몰랐다. 그러다 깊은 새벽에야 겨우 잠에 들었고, 밤새 악몽을 꾸어댄 것이다. 꿈속에서 엄마는 세부 검사를 받은 뒤, 거기서 더 세부적인 검사를 받아야 한다는 소견을 들었다. 그리고 더 세부적인 검사 결과는 더욱더 세부적인 검사가 필요하다는 것. 그리고 계속되는 반복. 그렇게 엄마는 끝없는 검사의 굴레에 갇혔고, 나는 발만 동동 구르며 기다릴 뿐이었다.

가쁜 숨을 내쉬며 눈을 떠보니 새벽 두 시. 이곳에서 배운 모든 방법을 써보아도 좀처럼 평정은 찾아오지 않았다. 그렇게 뜬눈으로 밤을 지새우고 네 시가 되어 새벽 명상에 나섰다. 그리곤 온종일 명상을 한 건지 기도를 한 건지 모를 하루가 흘렀다.

그날 밤, 나는 법사를 찾아가 내가 느낀 불안에 대해 털어 놓았다.

"불안한 감정이 찾아올 때 몸의 감각을 알아차리려고 하니, 심장 박동이 너무 민감하게 느껴져 오히려 불안이 배가 되는 것 같습니다. 지금은 그저 중도 퇴소하고 불안 요소와 직면해 그것을 해결하는 것만이 유일한 답이 아닐까 하는 생각이 듭니다. 어떻게 하는 게 좋을까요?"

"불안 요소를 곧바로 해결하는 것이 좋은 답이 될 수는 있겠지요. 하지만 하나 분명한 건 고요하게 감각을 바라보고 있다 보면, 심장 박동 역시 조금씩 정상으로 돌아오는 것을 느끼게 될 겁니다. 시간이 좀 걸릴지라도 말입니다. 어떠한 판단도 하지 말고 그저 바라보세요. 흘러가는 감각을 알아차리세요."

나는 속으로 말이 쉽지, 라고 답했다.

평화로운 상황에서 평화로운 마음을 갖는 건 누구나 할 수 있다. 하지만 내가 알고자 했던 건 힘든 상황에서도 단단해질 수 있는 방법이었다. 이곳에서는 그 방법을 반복해서 이야기한다. 그저 알아차리고 또 알아차리라고. 모든 것은 흘러가기 마련이라고. 하지만 그것을 실제 상황에 적용하는 건 결코 쉽지 않았다. 어제까지는 그런대로 해내는 듯했지만, 불안 요소가 생기니 이렇게 또 쉽게 무너져버리지 않는가.

하지만 안다. 평화로운 삶을 영위하는 게 이렇게 쉬웠다면 세상은 진작 불안의 종말을 맞이했을 테고, 열반의 경지라는 말조차 없었을 테지. 나는 고작 한 발자국 내디뎠을 뿐이다. 오늘 느끼는 불안은 과정일 뿐이다. 성급할 필요 없다. 그저 바라보자.

그렇지만, 정말 큰 병이면 어쩌지?

커다란 심장 소리가 다시 이 고요한 명상 센터에 울려 퍼지기 시작했다.

"어떤 고통이 일어나든 그 원인인 반응이 있다. 모든 반응을 멈추면 더 이상 고통도 없을 것이다."(『숫따 니빠따』 중에서)

(다행히도 엄마의 심장에는 큰 문제가 없었다.)

D+8 처음으로 경험한 완벽한 명상

오늘부터는 명상 시간에 개인 명상실을 자유롭게 이용할 수 있다. 개인 명상실은 꼭 독서실 같은 구조로 되어있는데,

각 문을 열고 들어서면 성인 한 명이 들어가 앉을 수 있는 1평 남짓한 작은 공간이 나온다. 감시하는 눈이 없으면 과연 2시간을 온전히 집중할 수 있을까 하는 우려가 들기도 했지만, 적어도 배에서 나는 꼬르륵 소리를 신경 쓸 필요는 없겠지 싶었다.

새벽 4시 반, 담요를 두르고 단체 명상홀 대신 개인 명상실을 찾았다. 세 번째 방에 들어가 불을 끄고 방석 위에 앉았다. 바닥에서 냉기가 조금 올라왔지만 그런대로 참을만했다. 이내 스피커를 통해 지도 음성이 들려왔다. 이제는 익숙해진 위빳사나 명상. 지도에 따라 나의 정수리부터 발끝까지 온몸의 감각을 하나하나 들여다본다. 코로 숨이 들어올 때 콧속이 차가워지는 느낌, 무릎의 미세한 떨림, 목뒤의 여전한 감각, 그 모든 것을 가만히 느껴 본다.

그런데 오늘은 무언가 느낌이 달랐다. 명상을 시작하자마자 이전과는 다른 엄청난 진동감이 온몸에서 느껴지는 거다. 뭐랄까, 내 몸을 구성하고 있는 세포 하나하나의 미세한 움직임까지도 모조리 느껴지는 것 같다고 할까. 그리고 그 모든 감각은 계속해서 생겨나고 변화하며 또 사라지기를 반복했다. 나는 정신없이 빠져들었다. 단 하나의 감각도 놓칠 수 없다는 듯 그 모든 흐름을 좇았다. 내 몸이 내 것이 아닌 듯

무아의 상태에 빠져 나를 보았다. 모든 것이 선명하게 보였다. 이 모든 일은 갑작스럽게 벌어졌고, 나는 완전히 몰두했다. 그때였다.

'바와뚜~ 살룻~ 만들랑~."

명상의 끝을 알리는 음성이 들려왔다. 나는 깜짝 놀라 눈을 떴다. 중간에 잠이 든 것도 아니고, 잘못 들은 것도 아니다. 말도 안 돼. 나는 잠시 멍한 상태로 앉아 다른 수련생들이 명상홀을 빠져나가는 발소리를 들었다. 체감 시간은 고작 10분여에 불과했는데, 두 시간이 흘러갔던 것이다.

방금 나한테 무슨 일이 일어난 거지? 무아지경이란 말 외에는 내 경험을 표현할 마땅한 단어가 떠오르지 않았다. 그제야 나는 알았다. 내가 처음으로 완벽한 명상을 했다는 걸. 내가 완벽한 타자인 채로 완전하게 나를 보았다는 걸. 그렇게 마주한, 계속해서 생겨나고 변화하고 사라지는 내 안의 자연스러운 흐름이 곧 세상의 진리이기도 하다는 걸.

세상 모든 것은 흘러가고 변화한다. 그러니 그 무엇에도 집착할 필요가 없다.

아쉽게도 이 특별한 경험은 단 한 번에 그쳤다. 개인 명상실 덕분이 아닐까 싶어 계속해서 같은 장소를 찾아보았지만, 이와 같은 경험을 다시 할 수는 없었다. 그렇다면 내가 할 수 있는 건 단 하나, 이날의 특별한 경험 또한 갈망하지 않는 것이다. 평소와 별반 다를 바 없는 명상을 하더라도 괜한 좌절감을 느끼지 않도록 마음을 다잡아본다. 그저 한 번뿐이나마 이토록 기민하게 나를 마주할 수 있었다는 사실에 감사하며, 이 기억을 고이 안고 나아갈 뿐이다.

D+9 갑자기 터져 나온 눈물

"불행은 나만의 문제가 아닙니다. 결국 그 기운은 나의 주변에도 불행한 기운을 전파했을 겁니다."

오후 명상 가이드를 듣다 말고, 갑작스레 눈물이 터져 나왔다. 당황스러웠지만 멈출 수가 없었다. 마음속 무언가 톡 건드려진 듯, 모두가 모여 있는 고요한 명상홀에서 어깨까지 들썩이며 울어버리고 말았다.

'나는 왜 이게 나만의 불행이라고 생각했을까.'

지독한 우울에 빠져있던 반년간, 실제로 주변 누군가는 내 우울에 전염되기도 했고, 엄마는 그런 나를 걱정하다가, 화도 내어 보다가 결국엔 불면증이 도졌다. 그러거나 말거나 나는 툭하면 핸드폰을 꺼두고 주변에 걱정을 끼치기가 부지기수였다. 하지만 늪에서 허우적대느라 정신이 없었던 나는 내 우울 조각을 나누어 가졌을 주위 사람들에 대해서는 조금도 생각해 보지 않았다.

이곳에 오기 몇 주 전, 나는 오쇼 액티브 명상센터를 다니며 제법 안정을 찾았다. 남는 시간에는 홀로 라탄 공예를 즐겼다. 등나무 줄기를 꼬아 작은 바구니나 티코스터, 책갈피 따위를 만들곤 했는데, 한 번은 함께 일하던 이들을 만나는 자리에 티코스터를 들고 가 선물로 나누어 주었다. 그런데 그 순간 소연이 왈칵 눈물을 터트려 버린 것이다. 갑작스러운 그녀의 눈물에 모두가 당황했다. 그녀는 눈물을 닦으며 말했다.

"아 나, 진짜 왜 이러지? 아니 그냥 나는, 언니가 이제 진짜 괜찮은 것 같아서."

그녀의 말에 나까지 눈물이 터져버렸다. 결국 그녀와 나는 나머지 사람들의 짓궂은 놀림을 받으면서도 서로를 끌어안고 한바탕 엉엉 울어버리고 말았다.

나는 그날 소연의 눈물을 떠올렸다. 뒤이어 원치 않게 나의 우울을 한 조각씩 받아 갔을 또 다른 얼굴들도 떠올렸다. 눈물은 멈출 줄 몰랐다. 하지만 지금만큼은 평정을 찾고 싶지 않았다. 다행스럽게도 이건 슬픔의 눈물이 아니었다. 미안하고 고마운 마음, 그리고 어떻게든 보답하고 싶다는 작은 바람에서 터져 나온 눈물이었다.

그렇게 한참을 울다 보니 서서히 마음의 동요가 잦아들었다. 어느새 눈물이 멈추었고 호흡이 제 규칙을 되찾았다. 나는 숨을 깊게 들이마시고는 다시 등줄기의 감각에 주의를 집중했다. 이내 소란했던 마음들은 제자리를 찾았다. 그렇게 다시 명상에 빠져들었다. 이 모든 흐름은 몹시도 자연스러웠다.

D+10 당신이 평화롭기를, 진심으로 웃을 수 있기를

분위기가 묘했다. 여전히 규정에 따라 서로 눈을 마주치지도, 말 한마디 나누지도 않았지만, 어쩐지 졸업식 날 아침 같은 들뜬 아쉬움, 설레는 미련 같은 부조화가 만들어 낸 붕뜬 분위기를 나는 분명 느낄 수 있었다. 마침내 이곳에서의 마지막 날이 밝았다.

정확히는 다음 날 아침이 퇴소 시간이었지만, 정규 명상 일정을 진행하는 건 오늘이 마지막이다. 새벽까지는 평소와 다름없이 위빳사나 명상을 진행했고, 식사 후 오전 명상 시간에는 멧타(Metta)라는 새로운 명상을 시작했다.

멧타란 자비, 사랑 등으로 번역되는 산스크리트어로, 모든 존재를 사랑하고 아끼는 마음에서 출발하는 명상이다. 단체 명상홀에 앉아있자 멧타 명상 가이드의 음성이 흘러나왔다. 주변 이들의 행복과 평화를 진심으로 바라보라는, 그렇게 자비로운 기운을 마음껏 내뿜으라는 내용이었다. 나는 가이드에 따라 세상 모든 존재들의 행복과 번영을 바라보았다.

'내가 사랑하는 사람들, 이 자리에 함께 있는 모든 수련생들, 이 명상을 알려주시는 선생님들, 더 나아가 세상의 모든 사람들, 심지어는 나를 미워하던 이들까지도, 모두가 행복하기를. 진심으로 평화롭기를.'

나는 내가 이 명상을 조금의 불편함도 없이 해나갈 수 있다는 사실이 놀라웠다. 분명 입소 당시만 하더라도 나는 세상의 꽤 많은 인간들에 대해 환멸을 느끼는 상태였으니 말이다. 사실 내일이 되어 휴대폰을 되찾고, 빠르고 시끄럽게 흘러가는 일상 속으로 되돌아간다면 힘겹게 평화를 되찾은 마음이 다시금 널뛰기를 할 지도 모른다. 하지만 하나만큼은 확실했다. 그래도 이제는 돌아간 그곳에서 사람들을 마주할 때 이전보다는 조금 더 진심으로 웃을 수 있겠구나 하는 것.

나는 계속해서 명상을 이어갔다. 나를 스친 모든 얼굴을 하나하나 찬찬히 떠올렸다. 그리곤 진심으로 바랐다. 여행지에서 아주 잠깐 마주했던 당신도, 비즈니스로 이야기를 몇 번 나누었던 당신도, 내 퇴사의 원인이었던 당신도, 나를 위해 울어주었던 당신도, 쓸쓸했던 밤 맥주 캔을 부딪쳐 주던 당신도, 나를 탓하며 외면해 버린 당신도, 내 여행길을 응원해 주던 당신도, 이제는 소식조차 모르는 당신도, 당신도, 당신도…… 결국은 마음속에 평화가 찾아오기를, 그래서 진심으로 웃을 수 있기를, 나는 간절히 바랐다.

행복했던 지난 순간들을 놓아주어야만
내게 찾아오는 오늘을 진정으로 만끽할 수 있다는 것을 알았다.

나에게 가능한 구원은

여행이, 운동이, 사랑이, 혹은 새로운 무언가가 삶에 구원이 될 수도 있다는 말은 부인할 수 없다. 하지만 그 모든 것은 불확실하다. 유약하며, 때때로 쉬이 흘러가 버린다. 미지의 여행지가 나의 구원이 될 수도 있고, 아닐 수도 있다. 운동이 주는 아드레날린이 나의 구원이 될 수도 있고, 아닐 수도 있다. 따뜻한 사랑이 나의 구원이 될 수도 있고, 아닐 수도 있다. 하지만 한 가지 분명한 건, 나만은 기필코 나의 영원한 구원이 될 수 있다는 사실이다. 오직 나만이 가능하다.

그러니까 당신 역시

당신의 영원한 구원자가 되어보지 않겠습니까?

계속
사랑하기를
미소 짓기를

10일 차 점심시간. 이곳을 고요하게 만들던 침묵 규정이 해제되었다. 이제부터는 수련생 간의 대화가 허용된다. 낯선 이와의 대화를 아주 즐기는 편은 못 되지만, 이 고된 수련을 함께 버텨온 이들과의 대화는 예외였다. 눈 한번 마주쳐 본 적 없지만, '함께'와 '혼자' 사이 어디쯤에서 각자의 묵묵한 시간을 삼켜온 이들과 이미 찐한 동지애가 생겼다. 그도 그럴 것이 하루하루 흘러갈 때마다 명상홀 앞자리가 텅텅 비어가는 것이, 눈대중으로도 꽤 많은 이들이 중도 포기하고 떠나갔다는 걸 알 수 있었다. 그 와중에 우리는 끝까지 견뎌냈고 끊임없이 자신을 마주하려 노력해왔다.

침묵이 해제되면 가장 먼저 대화를 나누고 싶은 사람이 있었다. 얼굴도 모르는 그 사람은 내게 너무도 소중한 존재였으며, 유일무이했다. 또 이미 친밀하였다. 나는 옆자리에 앉아 있는 그이의 팔을 톡 건들며 조심스레 말을 붙였다.

"저, 혹시…… 뻥튀기……."

"와하하하하, 뻥튀기!"

"저 혼자만 생각한 게 아니었군요! 저 그쪽이랑 내적 친분 엄청 쌓고 있었잖아요!"

"와, 저도요! 아, 너무 웃기네요, 진짜."

우리는 한참 동안 끅끅거리며 배를 잡고 웃었다.

이유인즉슨, 간식 시간이 찾아오면 나는 밤까지 버티지 못할 것을 알기에 늘 뻥튀기를 두 그릇씩 먹었다. 모두가 뻥튀기를 반 그릇씩만 받아먹으며 견뎌내는 분위기라, 부끄러운 마음에 고개를 푹 숙이면서도 기어이 한 그릇을 더, 그것도 그릇 가득 채워서 돌아오곤 했다. 이건 내가 마지막까지 포기하지 못한 유일한 갈망이었다. 뭐, 명상에 더 제대로 집중하고, 꼬르륵 소리로 다른 사람들을 방해하지 않기 위한 최소한의 타협이었다고 해두자. 다른 수련생들이 티타임을 마치고 식당을 다 빠져나갈 때까지도 나는 꿋꿋이 앉아 뻥튀기 한 그릇을 더 말끔하게 비웠다.

그때마다 유일하게 위안이 되었던 사람이 있었다. 식당에서 내 옆자리에 앉는 이 여자(참고로 식당, 명상홀 등 모든 자리는 지정제다). 규정상 말 한마디는커녕 제대로 쳐다보지도 못했지만, 스치는 시선으로도 알 수 있었다. 그녀가 이곳에서 나를 제외하곤 뻥튀기 두 그릇을 먹는 유일한 사람이라는 걸. 우리는 식당에서 늘 마지막까지 함께 남아있었다. 그렇게 기어이 두 그릇을 다 비우고는 때로는 내가, 때로는 그녀가 먼저 자리에서 일어섰다. 그러면 다른 한 명은 서둘러 남은 뻥튀기를 입에 털어 넣곤 했다.

그렇게 열흘을 보내며, 내 마음속에서 그녀는 뻥튀기 친구가 되었다. 이미 그렇게 부르고 있었다. 그런데 알고 보니 그녀 또한 똑같은 생각을 해왔다고.

“덕분에 마지막까지 맘 편하게 뻥튀기 두 그릇씩 먹었어요.”

“저도요. 그쪽이 아니었으면 진짜 외로웠을 거예요.”

“그러게요, 중간에 몇 번이나 포기할 뻔했는데, 어떻게 어떻게 버텨냈네요. 고생했어요.”

“고생했어요. 그리고 축하해요.”

“아, 이름이 뭐예요?”

남모를 정을 쌓아온 것은 그녀와 나뿐만이 아니었던 모양이다. 대체 열흘간 어떻게 침묵을 유지한 건지, 신기할 만큼 이곳은 금세 시끌벅적해졌다. 얼마나 고통스러웠고 또 얼마나 평화로웠으며, 열흘이 어떤 의미로 다가왔는지, 어떤 마음을 갖게 해주었는지 등의 이야기들이 이곳을 가득 채웠다. 멧타 명상의 기운 덕일까, 모두의 말에는 서로에 대한 애정이 가득 묻어나고 있었다.

고요에 완전히 적응되어 있던 귀가 이리저리 소리를 담아내느라 바쁘다. 하지만 그것들이 소음으로 느껴지지는 않는다. 언젠가부터 감옥처럼 느껴졌던 나의 6평짜리 작은 방이 떠오른다. 어쩐지 이제는 그곳에서 포근히 잠들 수 있을 것만 같다. 일상으로 돌아갈 용기가 생긴 걸까. 돌아간 그곳에서의 삶이 제법 괜찮을 것 같다는 작은 기대가 솟아난다.

한껏 상기된 사람들의 얼굴을 하나하나 눈에 담아본다. 낯설고도 익숙한 그들을 향해 진심 다해 바라본다. 모두들 이곳에서 찾아낸 각자의 평화를 돌아간 그곳에서도 부디 지켜내기를. 일상의 풍파로 인해 모두 잊고 또다시 흔들리게 되더라도, 문득문득 오늘을 떠올려내기를. 그래서 계속해서 사랑하기를. 미소 짓기를.

바람이 지나간다

명상 중 잡다한 생각들이 머릿속을 찾아올 때면, 그들을 그저 바람으로 여긴다. 바람이 나를 스쳐 갈 수 있게 허용한다. 바람을 억지로 움켜쥐거나 일부러 피하지도 않는다. 우리가 할 일은 그저 바람이 불어와 나를 스치는구나, 하며 그것을 바라볼 뿐. 그뿐이다.

고작
이 정도의
일일 뿐이야

담마코리아에서 돌아온 후, 게으름으로 가득했던 나의 하루에 큰 변화가 일어났다. 우선은 아침이 생겼다. 동이 트고 나서야 겨우 잠들기 일쑤였던 나는 이제 세상이 적당히 깜깜해지면 잠이 들고 환해지면 잠에서 깨어난다. 눈을 뜨면 곧장 침대에서 몸을 일으키고 쑥차를 한 잔 내려 마신다. 속이 적당히 데워지면 방석 위에 앉아 30분간 위빳사나 명상을 한다. 강제성이 다소 있던 담마코리아에서의 명상과는 몰입도가 확연히 다르지만, 그래도 조급해하지 않는다. 명상이 끝나면 아침 식사를 한다. 전처럼 무기력증에 밥을 거르지도 않고, 왠지 모를 공허함을 달래기 위해 폭식을 하지도 않는다. 나를 돌보는 일을 결코 소홀히 하지 않는다.

더러울 대로 더러워진 30만 원짜리 월세방에도 변화가 일었다. 천장에 크게 생긴 곰팡이를 긁어내고, 곰팡이가 피어난 물건들을 내다 버렸다. 그럼에도 남아있는 곰팡이 자국은 어쩔 도리가 없었지만, 가능한 선에서 대청소를 이어갔다. 창문을 열어 환기를 하고, 밀린 빨래와 설거지를 하고, 화장실과 창틀의 찌든 때를 벗겨내고……. 그간 얼마나 세입자의 도리를 게을리해 왔던가. 집주인 할머니가 보시기에 얼마나 기가 막혔을까. 반성하는 마음으로 뿌옇게 쌓인 방안 곳곳의 먼지를 털고, 닦고 또 닦았다. 마치 내 마음속 찌꺼기를 닦아내는 듯 천천히 그리고 조심스럽게.

그러고 보면 나 또한 내게 세 들어 사는 사람이 아닌가 싶다. 명상 수련 중 끊임없이 내 몸과 마음을 분리하려고 노력하는데, 그럼 내 마음은 몸에 머무는 세입자가 아니겠는가. 그렇다면 나를 돌보지 않고 방치해두는 것 또한 세입자의 도리가 아닐 터였다. 한평생 곱게 여기다 언젠가 혼이 방을 빼는 날이면, 정체 모를 누군가로부터 "이번 세입자, 참 잘 살다 가셨구만." 하는 소리 정도는 들어야 하지 않겠는가. 그렇게 나를 돌볼 의무를 나에게 부여하자, 처음 원룸에 이사오던 날 이 공간을 어떻게 가꾸어 갈까 고민하던 때의 묘한 설렘이 나를 찾아왔다.

‘깨끗하고 분위기 좋은 곳에서 향긋한 향을 맡게 해주어야지.’

‘맛있고 건강한 음식을 먹게 해주어야지.’

이런 마음은 공간에 대한 애정 같기도, 사랑하는 연인을 향한 애틋함 같기도 했다. 어여쁜 것들로 방을 가득 채워가기 위해, 사랑하는 연인을 웃게 해주기 위해 기꺼이 감수하던 수고로움을 나는 아주 잘 알고 있다. 그리고 그 애정과 애틋함의 대상이 오롯이 나라는 사실은 손에 든 쑥차처럼 내 하루를 따뜻하게 데워주었다.

‘그래, 너 스피커로 노래 듣는 걸 좋아했잖아.’

‘안 쓴 지 오래라 충전도 되어있지 않은데 굳이…….’ 하는 생각이 차올랐지만 이내 ‘소중한 나를 위해 이까짓 작은 수고로움쯤이야.’ 하는 마음으로 엉켜있는 충전 선을 기꺼이 풀어내고, 스피커 위로 찐득하게 내려앉은 때를 닦는다. 그리고 밍기뉴의 노래를 재생한다. 아, 이거 간만에 느껴보는 간질거림이다. 특정한 성과 때문이 아니라, 새로운 자극으로 인해서가 아니라, 온전히 내 일상 속에서 나로 인해 설레는 마음. 이것 참 오랜만이네 싶었다가, 어쩌면 생에 처음인지

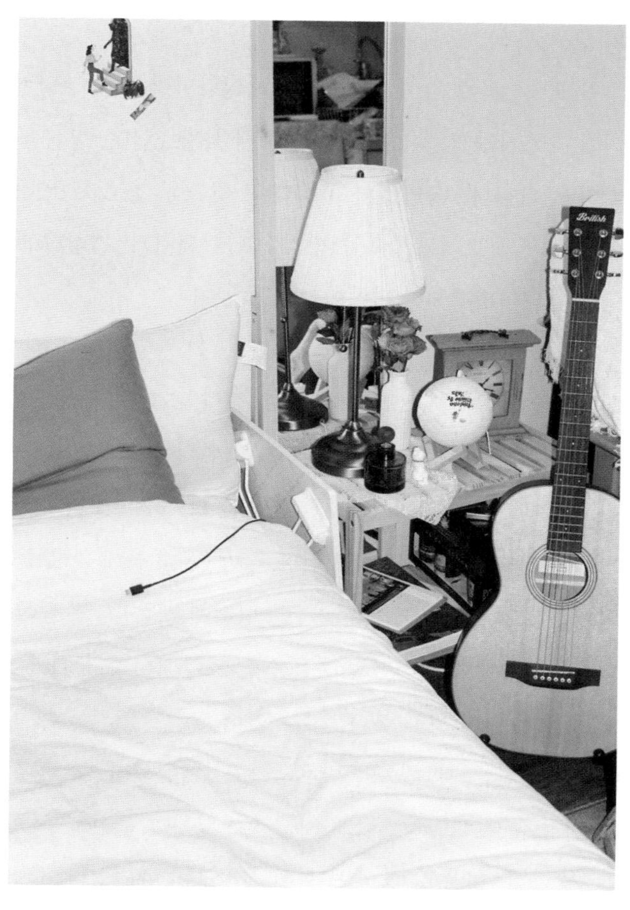

내가 집에 세 들어 사는 사람이듯, 내 마음 역시 내 몸에 머무는
세입자가 아닐까. 내 몸에 세 들어 사는 동안, 나에게 정성을 다하는 것,
그것이 세입자의 도리 아닐까.

도 모르겠다는 생각이 들었다.

노래 한 곡에 금세 나의 하루는 말랑말랑해진다. 말랑거리되 흐물거리지는 않는 오늘이 못내 사랑스럽다. 밥상을 차리며 생각한다. 끊임없이 아름다운 것들을 찾고, 그것들을 내게 입히고 보이고 들려주어야지. 단단해지되, 그렇다고 돌멩이가 되어버리지는 말아야지.

오늘의 메뉴는 소고기미역국과 김치, 그리고 나물 한 종류. 단출하지만 그런대로 괜찮은 한 끼 식사다. 햇반을 뜯는다. 그런데 힘 조절에 실패한 탓인지, 퍽! 하는 소리와 함께 찬 밥알 덩어리가 사방으로 튄다. 일부는 내 옷에, 일부는 바닥에, 또 일부는 어제 막 세탁한 방석에 붙는다. 웃음이 난다. 온 사방에 어질러진 밥풀들을 손으로 하나하나 떼어내며 괜히 소리 내어 말해 본다.

"어이 밥풀, 내 행복을 방해하려고? 어림없지."

연극 톤으로 능청스럽게 해본 혼잣말에 기분이 더 좋아지는 것 같다. 밥풀을 떼고 있는 이 상황조차 재미있다. 그러다 문득, '그래, 나를 우울하게 만든 것들 중에는 이렇게 웃어넘길 수 있는, 그저 밥알을 떼어내듯 해결하면 되는 단순한 에피소드였던 것들도 많지 않았을까?' 하는 생각이 든다. 물론 이와는 비교할 수 없는 심각한 일도 있었지만, 그때 이런 마음가짐이었더라면, '암, 고작 이 정도의 일이 지금의 내 행복을 빼앗아 갈 순 없어.' 하며 능청이라도 떨어 보았더라면, 훨씬 더 괜찮지 않았을까. 한발 더 나아갈 수 있지 않았을까. 적어도 어둠 속으로 침잠해 버리지는 않았을 것이다.

한껏 찐득해진 손을 흐르는 물에 씻는다. 스피커에서 흘러나오는 노래가 물소리와 어우러진다. 끈적이던 감각은 불쾌에 미치지 못한 채 사라져 간다.

성장

한 계단, 한 층을 올라서는 그 느낌.

스스로의 근력이 느껴지고 뿌듯해지는

어느 지점.

그것을 우린 '성장'이라 부른다.

— 웹툰 〈미생〉 중에서

중요한 건 균형이야

이십 대의 반짝이던 어느 시절, 내 곁엔 사랑해 마지않는 산쟁이 놈이 있었다. 하루는 그 애와 그림 같은 풍경 속 까마득한 암벽에 매달려 있는 사람들을 보았다. 나는 말했다.

"저러다 떨어져 죽으면 어떡해?"

그 애는 어깨를 으쓱이며 답했다.

"산에서 죽는 건 모든 산악인의 꿈이 아니겠어?"

"너도 그래?"

"그럼~."

순간 그 애와 속삭이던 미래가 다 부질없는 것만 같아 발걸음을 멈추었다. 그리고 그 애를 흘겨보았다. 그 애는 도통 영문을 모르겠다는 듯 가만히 두 눈을 껌벅이며 나를 바라보

았다. 나는 괜히 서운한 마음에 독한 말을 뱉어냈다.

"산에서 죽어도 좋다는 사람들은 멀쩡한 사람 피해 주지 말고 지들끼리 만나고 결혼하고 살았으면 좋겠어. 산에서 죽는 게 꿈이라니! 그건 혼자 남을 사람은 생각도 안 하는, 너무 이기적인 꿈 아냐?"

간혹 산사람들의 사고 소식을 접할 때마다 나는 그들을 애도하는 동시에, 그 애와의 이별에 안도했다. 그리고 수년이 지난 지금, 나는 암벽 등반은 기본이고 그 애조차 기피하던 빙벽 등반까지 클라이밍의 모든 분야를 섭렵하며, 정확히는 미쳐있다고 해도 과언이 아니다. 내가 암벽을 타러 가는 날이면 엄마는 쉽게 잠을 이루지 못하고, 친구들은 멍이 빠질 틈 없는 팔다리를 보며 고개를 절레절레 흔든다. 등반 영상에 달린 '저런 미친 짓을 왜 하냐'는 날 선 댓글에 '하든 말든 뭐, 내 마음 아닌가? 클라이밍이 위험한 운동인 건 사실이지만, 원칙만 잘 지키면 사고는 잘 일어나지 않는데'라며 변명을 하고 방어적인 입장을 취한다. 지금의 나를 그 애가 보게 된다면 얼마나 기가 막힐까, 나는 종종 생각한다.

시작은 코로나 대유행으로 인해 여행길이 막히고, 마음도 막히고, 일거리도 막히고, 모든 것이 막혀 답답하던 때였다. 내 답답함을 풀어 놓을 데가 어디에도 없었다. 그러던 어느 날, 건너 건너 아는 이의 블로그에서 그가 코오롱 등산학교에서 암벽 등반을 배웠다는 이야기를 보았고, 보자마자 이거다 싶었다. 곧바로 신청서를 제출하고 거금 60만 원을 입금했다. 대단한 목적이 있었던 건 아니고, 그냥 한 번 배우고 체험해 보자 하는 마음이었다. 수업은 5박 6일간 전라북도 완주에 있는 대둔산에서 진행되었다. 매일 아침 온갖 등반 장비를 짊어지고 산에 올랐고, 호랑이 같은 선생님의 호통을 들으며 암벽에 매달렸다. 암벽은 상상했던 것보다 더 거셌다. 100미터쯤 오른 후 발밑을 보았다가 패닉이 와 온몸이 덜덜 떨리기도 했고, 등반 도중 수시로 미끄러져 팔다리엔 피멍이 꽃을 피웠다.

하지만 암벽의 매서움은 아이러니하게도 나를 따스하게 안아주던 그 어떤 온기보다도 더 큰 위로가 되었다. 산은 크고 나는 작다. 그 앞에서 나는 어떤 요령도 부릴 수 없고 요행을 바랄 수도 없다. 암벽을 한참 오르다 보면 세상에는 그 무엇보다도 작아진 나와 생존 욕구만이 남는다. 그간 나를 짓누르던 고민들은 한없이 사사로워져 가벼운 바람결에도 날아가 버린다. 손에 힘이 풀리거나 발이 미끄러져 추락을 하면 거기서부터 다시 고도의 집중력을 발휘해 한 발 한

발 오른다. 추락을 했다고 해서 자기 연민에 빠질 틈이 없다. 자꾸만 나를 바닥으로 이끄는 중력을 거스르며, 잊을만하면 나를 잠식하던 우울을 닮아있는 그것을 이겨내며, 묵묵히 오른다. 그러다 보면 꼭 산이 아닌 삶을 오르는 듯했다. 그렇게 기어이 맞닥뜨린 정상에서 나는 인간 화환이 되어도 좋았다.

그렇게 수평이 아닌 수직의 세계에 첫발을 내디뎠고, 나는 완전히 매료되고 말았다. 이후 암벽에 이어 빙벽까지 배우기 시작하며, 수직의 세계에 사는 수많은 산쟁이 선생님을 알게 되었다. 세상의 온갖 고산 정상을 밟고 돌아왔지만, 결코 정복했다는 표현을 쓰지는 않는, 이 세계 안에서는 손꼽히는 유명 인사들이지만, 그다지 여유로운 삶을 살지는 못하는, 그럼에도 불구하고 산을 누구보다 사랑하는 사람들. 그들의 틈에서 난로를 쬐며 이야기를 듣는 게 나는 참 좋았다. 산 이야기인지 삶 이야기인지 모를 그런 것들 말이다.

하루는 나의 빙벽 스승님께서 물었다.

"클라이밍의 본질이 뭔지 알아?"

"음, 글쎄요. 오르는 것 아닌가요?"

"클라이밍의 본질은 수직의 벽에서 균형을 맞추는 거야. 많은 사람들이 힘이 제일 중요하다고 생각하는데, 사실 힘이 없어 못 하는 게 아냐. 균형을 못 맞추는 것뿐이지."

"아, 생각해보니 그러네요."

"그리고 말이야. 아까 나한테, 내가 등정했던 산에 대해 물었지? 그런데 나는 그런 건 중요치 않다고 생각해. 고산 몇 미터를 등정했느냐가 아닌 고산을 좋아하느냐 마느냐, 어떤 난이도의 등반에 성공했느냐가 아니라 등반을 좋아하느냐 마느냐, 그걸로 이야기하는 세상이 되었으면 해. 설령 세상이 그렇게 되지 않더라도, 적어도 이곳에 있는 사람들은 그랬으면 해."

나는 위험하지만 진심으로 가득한 이 수직의 세계가 좋다. 주변에서 하도 걱정을 많이 해, 이제는 생명에 위험을 줄 수 있는 도전은 좀 줄여 보려고 하지만, 그럼에도 나는 이 세계를 떠나지 않을 것이다. 이 행위는 삶과 죽음의 경계가 모호하게 느껴지던 나의 어떤 시기에, 살아있다는 것을 알려주고, 계속해서 살고 싶다는 마음을 갖게 해주었으니까. 추락을 해서 피 좀 보더라도 균형만 잘 잡으면 다시 오를 수 있다는 걸 알려주었으니까. 그래서 나는 죽음이 아닌 삶에 더 가까워졌다고, 맞다, 이 글은 어쩌면 어처구니 없어하고 있을 그 애에게 대는 긴 긴 핑계문인지도 모른다.

균형을 맞추는 것, 그것이 클라이밍의 본질이다.
사람들이 벽을 오르는 데 실패하는 이유는 힘이 없기 때문이 아니라 균형을 맞추지 못해서다.

나는 나의 영원한 저자이자 독자

서점 산책하는 일을 좋아한다. 대게 수필 혹은 소설 코너를 어슬렁대는데, 그러다 눈길을 끄는 책을 만나면 냉큼 집어 들고는 목차부터 살핀다. 목차가 마음에 들면, 아무 페이지나 펼쳐 읽어본다. 제법 괜찮았다면 한 번 더 새로운 장을 펼쳐본다. 이번엔 좀 더 꼼꼼히 읽는다. 이번에도 글이 마음에 와 닿는다면, 이젠 우리가 이 시간, 이 장소에서 만난 것이 꼭 운명이라도 되는 양 한껏 울렁이며, 그것을 계산대로 가져간다. 고작 그 두 페이지가 당신의 전부를 말해줄 수 없다는 걸 알면서도 말이다.

점원의 손에서 다시 나의 손으로, 비로소 내 것이 되고 나면 가슴속에 뭉근한 무언가가 충만하게 차오른다. 당신을 끝까지 읽어내리라 다짐한다.

나는 읽고 싶은 책 한 권을 만나는 일이 꼭 누군가를 좋아하게 되는 것만 같다. 그러다가 문득 두려워진다. 당신 역시 나라는 책을 아무렇게나 펼쳐 놓곤, 하필이면 내가 꽁꽁 숨기고 싶어 하던 페이지만을 읽어 놓고는, 그것이 나의 전부인 양 판단하고 돌아서면 어쩌지? 혹은 반대로, 유일하게 그

렬싸한 몇 페이지를 운이 좋게 펼쳐 들고는, 나를 제 완벽한 운명인 양 착각하면 어쩌지? 내가 그러했던 것처럼.

하지만 뭐 어쩌겠는가. 이러한 판단 또한 독자의 권리인 것을.

그러자니 나만큼은 더욱더 나를 제대로 읽어주어야겠다는 생각이 든다. 당신의 마음까진 어쩌지 못하더라도, 나는 끝끝내 남아 잘 이해되지 않는 페

이지들까지도 애틋한 눈으로 담아주어야겠다는 결심이 선다. 독자가 아닌 저자의 마음으로, 계산을 고려하는 실눈보다는 너그러운 포용의 눈빛으로 말이다. 설령 당신이 문장 속의 진심을 끝끝내 알아차리지 못하고 책을 덮어버리더라도. 그래서 다음 장에 펼쳐질 싱그러운 이야기를 영영 읽지 못하게 될지라도. 나는 끝까지 나를 읽고 또 읽어주어야겠다.

빈 칸
만들기

“이제는 떠나도 될 것 같아.”

나도 모르게 입 밖으로 튀어나온 한 마디에 기지개를 펴려고 치켜올리던 팔을 멈추었다. 창문 밖 울긋불긋한 단풍 때문일까, 전날 꿈자리가 간만에 산뜻했던 덕분일까, 어느 쪽이든 도피가 아닌 온전한 여행을 해야겠다는 생각이 든 건 무려 일 년 반만의 일이었다. 선물처럼 찾아온 이 마음이 놀랍고도 반가웠다. 오랜 기간 앓아온 병의 완치 판정이라도 받은 듯, 나는 삐져나오는 웃음을 참을 수 없었다.

머릿속에 곧바로 떠오른 곳은 제주도의 취다선이었다. 나를 명상의 세계로 이끌었던 명상 리조트, 그곳에서의 하룻밤을 예약하려다 문득 그곳과 비슷한 다른 곳은 없을까 궁금해

머무는 곳곳이 고요로 가득했다.
지금까지 알던 소란스러운 세상은 아득히 멀게만 느껴졌다.
삶에는 분명 빈 칸이 필요하다.

졌다. 찾아본 결과, 없긴 웬걸, 국내에 힐링과 명상, 평화 등을 테마로 만들어진 웰니스 여행지는 너무나 많았다. 다만 그곳들은 대체로 꽤 비쌌고, 내 잔고는 아주 가벼웠을 뿐.

글이고 영상이고 지금까지 열심히 만들어 온 경력을 발휘할 때다 싶어 이곳저곳 찾아보던 중 한국관광공사에서 진행하는 워케이션 프로그램을 발견했다. 국내 곳곳을 일과 여행을 병행하며 다니고, 여행지에 대한 원고를 쓰면 여행 지원금을 받을 수 있단다. '여행자 메이'라는 이름을 빼고 본명을 사용해 웰니스 워케이션이라는 주제로 지원서를 넣었다. 그로부터 며칠 후 면접을 보게 되었고, 다음날 합격 통보를 받았다.

그 길로 국내 곳곳을 떠돌아다녔다. 휴식을 테마로 한 고급 리조트 파크로쉬에서 요가 수업을 듣고, 뜨끈한 스파를 즐겼다. 자연명상마을 옴뷔에서 명상 스테이를 하며 스님들께 화두 명상을 배웠다. 국내 1호 산림치유단지인 국립산림치유원에서 숲 치유 프로그램을 들으며 맨발로 숲을 거닐었고, 고도원의 아침편지 문화재단에서 설립한 깊은산속옹달샘에서 몸과 마음의 건강을 위한 시간을 보냈다. 영월의 자그마한 시골집에서, 그리고 단양의 오래된 고택에서 산을 바라보며 차를 마시고 음악 듣는 게 전부인 나날을 보내기도 했다.

오롯이 내 마음의 평화를 위한 여행을 떠난 것은 처음이었다. 머무는 곳곳이 고요로 가득했다. 지금까지 알던 소란스러운 세상은, 지구 반대편의 여행지였던 듯 아득히 멀게만 느껴졌다. 그렇게 3주간의 여정이 끝을 보이고, 마지막 목적지에 도착했다.

이곳의 이름은 힐리언스 선마을. 마을은 커다란 산속에 둘러싸여 있었다. 등산을 하듯 한참을 올라서야 리셉션 건물이 모습을 드러냈다. 시간을 확인하려 휴대폰을 들어보는데, 오른쪽 상단에 더 이상 통신이 안 된다는 표시가 떴다. 사실 이게 바로 내가 이곳을 찾은 목적이었다. 이곳은 디지털 디톡스를 하며 완벽한 쉼을 경험할 수 있기로 유명하다. 인터넷도, 전화도 사용할 수 없다는 말이다. 삼시세끼 밥을 주기 때문에 식사 걱정은 전혀 할 필요가 없다. 방 안에는 텔레비전 대신 책과 찻잔이 자리 잡고 있다. 외부와의 모든 것이 차단된 이 작은 마을에서 핸드폰은 그저 시계에 불과했다.

사실 3주간의 여행이 내 마음을 보다 더 잔잔한 호수로 만들어주기는 했지만, 매 순간 내가 그곳에 온전한 나로 있었느냐고 묻는다면 나는 그렇다고 선뜻 대답할 수가 없다.

문득문득 찾아오는 외로움을 이기지 못해 누군가와 끊임없이 소통하려 했고, 내 존재를 알리기 위해 부단히 애쓴 시간들이 분명 있었다. 휴대폰 속 과거와 미래를 오가느라 눈앞에 펼쳐진 어여쁜 단풍산을 놓친 적도 있었다. 그래서 이곳에서만큼은 강제로나마 나를 휴식의 감옥으로 밀어 넣어볼 심산이다. 기꺼이 진정한 쉼을 만나 보겠노라며.

그런데 한 가지 문제가 있었다. 힐리언스 선마을의 숙박가격은 제법 비쌌는데, 내가 받은 지원금으로는 하룻밤 밖에 묵을 수가 없었던 것이다. 하지만 이곳은 너무도 넓었고, 누릴 것은 참으로 많았다. 내가 보내는 이 하룻밤이 아까웠던 나는 하루 안에 모든 것을 누려야 한다는, 그러니까 속된 말로 뽕을 뽑아야 한다는 어리석은 생각을 하고야 말았다. 그러니 나는 '쉬기 위해' 그 어느 때보다 바쁜 시간을 보내야만 했다.

"힘들지 않으세요?"

오죽했으면 요가 프로그램을 담당하는 강사님이 이렇게 물어올 정도였다. 그도 그럴 것이 무료, 유료 프로그램을 합쳐 세 개를 연달아 수강한 사람은 이곳에서 나밖에 없었다. 산책 코스는 또 어찌나 많은지, 오늘은 아랫길을 걸어보았으니 내일은 아침 일찍 일어나 좀 더 긴 윗길을 걸어 보기로 했다. 식사 후엔 작은 책방에도 가 보고, 황토 찜질방도 갔다. 아참, GX룸 아래에 있는 휴게 공간도 놓칠 수 없지!

자그마한 휴게 공간에는 색칠 도구와 만다라 그림들이 있었다. 산을 바라보며 만다라를 색칠하기 위해 구석진 곳에 자리를 잡았다. 만다라는 가장 단순한 형태가 기하학적 패턴으로 반복되는 그림으로, 인간의 무의식을 반영하는 것이라고 알려져 있다. 패턴 곳곳을 이 색 저 색으로 칠해 보고 있으니 머릿속 온갖 잡념들이 사라져 간다. 다만 칠할 곳이 워낙 많다 보니 팔이 좀 아팠다. 하지만 빈칸을 남겨둘 순 없는 노릇 아닌가. 틈틈이 팔을 털어가며 꾸역꾸역 끝까지 칠해 본다. 시간이 얼마나 지났을까, 드디어 나만의 색을 가진 만다라가 완성되었다. 뿌듯한 마음으로 완성본을 들고 다른 이들의 그림이 잔뜩 쌓여 있는 곳으로 향했다. 그런데 이게 웬걸, 다른 이들의 그림을 들여다보는데, 모든 빈칸을 다 칠한 건 나밖에 없는 것 아닌가. 빈칸을 놔두면 안 된다고 생각했건만, 빈칸 그 자체가 하얀색이다 보니 다른 색과 어우러져 제법 그럴싸하고 예쁜 만다라가 되었던 것이다. 굳이 낑낑대며 모든 칸을 다 칠할 필요가 없었다.

나는 아차 싶었다. 그러고 보니 이곳 힐리언스 선마을에

도착한 이후로 나는 단 하나의 빈칸도 남기지 않겠다는 일념하에 색칠하기에 급급한 하루를 보내왔다. 왜 그림을 그리고 싶어 했는지는 잊은 채, 무엇을 위한 그림인지도 잊은 채 말이다. 나는 빈칸을 만들기 위해 이곳에 왔다는 사실을 완벽하게 잊고 있었다.

'내일 프로그램은 가장 하고 싶은 것 하나만 참여해야겠어. 음, 아침 산책은 어떡할까? 내일 아침 눈 뜨고 생각해 보지, 뭐.'

휴게 공간을 나서니 밖이 온통 캄캄했다. 정신없이 하루가 저물어 버렸다. 숙소로 걸음을 옮기며 다짐했다. 이제부터라도 진짜로 쉬어 보겠다고. 쉬기 위해 바쁘게 움직이는 어리석은 짓은 여기까지면 충분하다고. 이곳을 온전히 누려 보겠다는 욕심을 내려놓자, 그제야 이곳을 제대로 누릴 준비가 된 것만 같았다.

삶에는 분명 빈 칸이 필요하다. 스스로에게 빈 칸을 허용해 주어야 새로운 무엇이 차오를 수 있으며, 설령 아무것도 차오르지 않더라도 그 자체로 온전한 쉼이 되어 삶의 균형을 이루어 줄 것이다. 다른 색과 곱게 어우러진 하얀색 만다라처럼 말이다.

방으로 돌아왔다. 씻고 침실에 들어와 자연스럽게 침대맡, 콘센트가 있을 만한 자리를 더듬었다. 그러다 아차, 건축가의 비웃는 목소리가 귓가에 들려오는 것만 같았다.

'침대맡에 콘센트를 두면 인터넷이 안 되더라도 자기 전에 휴대폰을 들여다볼 테지? 그렇게는 안 되지, 깔깔.'

휴대폰은 거실에 있는 유일한 콘센트 앞에 충전해두고 다시 침실로 들어왔다. 휴대폰 대신 침대맡에 놓인 작은 시계를 들어 알람을 맞춘다. 잘 작동할까 싶은 마음이 들다가 뭐, 울리지 않으면 또 어떠랴 싶다.

나의 낮과 밤

내 삶의 따스한 낮은 영상이 되고 어두운 밤은 글이 되었다. 이토록 오래 나를 짓누르는 새벽조차 무엇 하나는 남길 거라는 확신이 드니, 어쩐지 조금은 마음이 편안해졌다.

명반의
의미를
아시나요?

단양의 아주 오래된 고택에 머물렀다. 나이가 100살도 더 된 고풍스러운 집이었다. 낡지 않고 기품있게 늙은 것이 꼭 닮고 싶은 모양새였다. 손님 방은 모두 일곱 개인데, 나는 그 중 가장 작은 방에 머물렀다. 고택 한쪽에는 숙박객 전용 LP 카페로 운영되는 조그마한 별채가 있었다. 이곳에는 사장님이 오랜 시간 모아온 수백 장의 LP들이 쌓여 있었다. 원하는 LP를 커다란 턴테이블에 올려 자유롭게 들을 수도 있었다. 시간을 머금은 공간은 아름답게 늙어간 이의 너그러운 품을 닮아 있다. 이 오래된 것들 틈바구니에서 느리게 내린 차 한 잔을 홀짝이고 있노라면, 그 어떤 오래된 허물이라도 가볍게 털어놓을 수 있을 것 같은 기분이 들었다. 그래서 나는 온종일 그곳에 앉아 아주 솔직한 글을 쓰고, 음악을 들었다.

이 공간을 사랑하는 사람은 나뿐만이 아니었다. 내 옆 방에 묵고 있는 아빠 또래의 꽃중년 남성, 그와는 세 번을 마주치고서야 대화를 나누기 시작했다. 그는 출장 와중에 짧게나마 생긴 여유를 만끽하는 중이라고 했다. 몹시도 점잖고 과묵한 인상이었지만, 막상 음악 이야기를 시작하니 꼭 소년으로 돌아간 듯 신난 표정으로 쉴 새 없이 재잘거렸다.

한 번은 그가 이승철의 LP를 집어 들고는 말했다.

"명반이 뭘 뜻하는 줄 알아요?"

"음 글쎄요, 듣기 좋은, 잘 만든 음반 아닌가요?"

"보통 한 장의 LP에 세 곡이 좋으면 명반이라고 해요. 하지만 이 LP는 전곡이 다 명곡이라 레전드라고 불리지요."

그리고는 이 음악에는 맥주가 어울린다는 듯, 한 캔을 내밀었다. 나는 기꺼이 응했다. 한 모금 시원하게 들이키고는 흘러나오는 음악에 빠져들었다. 역시나, 그의 말은 맞았다. 한 곡도 빼놓을 수 없이 모든 곡이 좋았다. 하지만 사실 내 마음이 깊이 머문 곳은 그의 첫마디 말이었다. 한 장의 앨범에서 세 곡이 좋으면 명반이라는, 그 말 말이다.

할 수 있다는 격려와 응원도 좋지만, 지금도 괜찮아,
지금도 충분해 라는 위로가 때론 더 강력한 법이다.

인생의 세 챕터 정도 멋진 순간으로 가득 채웠다면, 설령 나쁜 일이 더해진다고 해도 그런대로 명반인 삶인 거다. 그렇다면 내 인생도 명반이라는 게 아닌가?

내가 일을 멈춘 사이, 끝없는 우울에 시달리는 사이, 나날이 성장해가는 동료들을 보며 나는 홀로 작아지는 기분을 종종 느꼈다. 그들은 명반이지만, 나는 그냥 지나가고 마는, '아, 그런 가수가 있었던 것도 같은데 이름이 뭐였더라? 하하, 잘 모르겠다.' 하며 고개를 갸웃하고 마는 그런 무명 가수의 음반인 것 같았다. 하지만 그가 한 말대로면 내 인생도 그런대로 명반이라는 게 아닌가? 내 삶에도 부러울 것 없이 반짝이는 순간들은 충분히 있었으니 말이다.

인생의 세 챕터 정도 멋진 순간으로 가득 채웠다면, 설령 나쁜 일이 더해진다고 해도, 그때와 같지 못한 오늘을 보내고 있다고 해도, 그런대로 명반인 삶인 거다. 레전드라고까진 불리지 못해도, 이 책장 속에 빼곡히 자리 잡고 수십 년이 지난 오늘에도 누군가의 하루를 완벽하게 만들어주는 이 무수한 음반들처럼 말이다.

물론 이 말이 오늘의 현실에 안주하고 스스로를 위로하기 위한 자기합리화가 되어서는 안 되겠지만, 나는 결국 또다시 반짝이는 내 인생의 한 챕터를 만들어갈 테지만, 그래도 때로는 할 수 있다는 격려보다는 그대로도 충분하다는 위로가 더 강력한 법이다. 나는 그가 알려준 명반의 정의가, 손에 쓴 커피를 드는 인생의 어느 날마다 달콤한 초콜릿이 되어 나를 다독여 줄 것만 같았다.

LP의 재생이 끝나자, 나는 손에 쥔 맥주를 입에 마저 털어 넣고는 그에게 물었다.

꼭 레전드가 아니어도 좋으니, 또 다른 명반을 추천해줄 수 있겠냐고. 나는 그것들을 좀 더 듣고 싶다고.

오늘의 시를 찾아주세요

제게 여행은 시를 찾는 일입니다. 시를 찾은 여행은 아무리 오랜 시간이 지나더라도, 좀처럼 쉽게 흐려지는 법이 없지요. 저는 그것들을 엮어 시집 한 권을 만들고도 모자라, 세상 가장 아름다운 시를 발견하겠다는 요량으로 계속해서 오랜 시간 떠돌아다녔습니다. 하지만 이제는 압니다. 평범하게 흘러가는 듯한 오늘 하루에도 수많은 시가 숨겨져 있다는 것을요. 시인의 눈으로 세상을 본다면, 그 어디에 있더라도 모든 오늘은 여행이 되리라는 것을요.

Part. 3

또 다시 넘어져도 괜찮아

어느 겨울의 예상치 못한 선물

☽

인간이 느낄 수 있는 최악의 감정은 믿었던 사람에 대한 배신감이 아닐까. 코끝이 시리던 어느 겨울 아침, 나는 그것을 알게 되었다. 굳이 알고 싶지 않았지만, 순리처럼 그렇게 되었다. 그간 쌓아온 모든 평화가 한순간에 부서져 내렸다.

마음의 평온을 찾겠다는 일 년 반 동안의 노력이 물거품으로 돌아갔다는 사실을 받아들이자 자괴감이 찾아왔다. 뒤이어 스멀스멀 온몸으로 퍼져 오는 축축한 기운은 마치 혹독한 다이어트 후 찾아오는 요요 현상처럼 처음의 것보다 훨씬 더 커다란 몸집을 하고 있었다. 이 자식을 떨쳐내기 위해 그토록 많은 돈과 시간을 들여 애썼는데, 이제야 겨우 마음에 한 줄 볕이 들기 시작했는데, 또다시 차가운 새벽의 어둠에 갇히고 말다니! 나는 애초부터 우울함을 유발하는 유전자를 타고난 것이 아닐까, 이 우울에서 영영 벗어날 수 없는 게 아닐까 하는 위태로운 생각마저 들었다.

하지만 이번에는 이런 마음을 차마 털어놓을 수조차 없었다. 내가 우울에서 벗어나기를 바라준 이들, 희미한 웃음이라도 되찾게 되자 자기 일인 듯 기뻐해 주던 이들의 얼굴이 스쳤다. 나는 그들에게 내가 이것밖에 안 되는 인간이라는 사실을 고백할 자신이 없었다. 그러니 이번에 내가 맞은 어두운 새벽은 기필코 나 혼자만의 비밀이어야만 했다.

그렇게 몇 주 동안을 침대 위에서만 보냈다. 잠을 청하려 불을 끄거나 눈을 감으면 심장 소리가 시끄럽게 울려 퍼지고 가슴이 옥죄어 왔다. 비유가 아니라 실제로 신체적 통증이 찾아온 것이다. 이것이 연예인들이 곧잘 말하는 공황증세인가도 싶었지만, 굳이 진단을 받아 환자가 되고 싶지는 않았다. 게다가 병원에 갈 기력조차 남아있지 않았다.

그렇게 새벽, 또 새벽, 다시 새벽……. 정신을 차려 보면 언제나 새벽이었다. 어느덧 아침을 보지 못한 지 오래되었다. 그러다 함박눈이 펑펑 내리는 어느 날, 창문은 꽁꽁 닫

아둔 채 휴대폰 속의 창문으로만 눈을 보고 있던 새벽이었다. SNS 속엔 제법 감상적인 글과 사진이 연이어 올라오고 있었다. 나는 누군가의 새하얀 설국 여행을 가만히 바라보다 삼 년 전에 갔던 일본의 오타루를 떠올렸다. 흩날리는 눈과 어우러지던 오르골 소리가 귀에 선했다. 오타루를 시작으로 연말의 뉴욕, 프랑스 스트라스부르의 크리스마스 마켓, 눈 쌓인 남미의 피츠로이 산맥 등 낯선 겨울 속에 있던 수많은 내가 포개어졌다. 세상 모든 것이 나의 시였던 순간이 분명 있었는데, 그랬던 것 같은데……. 나는 나를 향해 침몰하는 천장을 멍하니 바라보았다. 그리고 생각했다.

'추억도 감당할 그릇이 필요한 거구나. 짙은 밤 그리움에 질식사하지 않으려면.'

문득 이 방에서 벗어나고 싶다는 생각이 들었다. 이틀째 곱게 쌓이는 눈 한 번 밟아보지 못했던 터다. 몸을 일으킬 만한 핑계가 뭐가 있을까 골몰했다. 그때 갑자기 담배라는 두 글자가 머리에 떠오른 것은, 참으로 예상밖에 일이었다.

나는 담배를 싫어한다. 특히 연인의 품에서 느껴지는 담배 냄새는 세상 무엇보다도 싫다. 그래서 흡연자와는 절대 결혼하지 않겠다는 신념까지 품어왔다. 아마도 그 마음의 시작은 아빠였을 것이다. 어린 시절 기억 속 아빠는 늘 담배를 달고 살았고, 근처에 가면 아빠한테서는 언제나 매캐한 담배 냄새가 났다. 심지어 당신의 건강이 꽤 나빠졌을 때까지도 말이다.

"너는 담배 피우는 사람이랑은 절대 결혼하지 마라."

엄마가 이렇게 말할 때면 나는 늘 단호하게 고개를 끄덕였다. 고등학교 시절 동네에서 이름 좀 날린다는 옆 학교 오빠와의 첫 연애에서, 나는 그가 PC방에서 담배 피우는 모습을 보고는 바로 이별을 고했다. 네 번째 연애였던가, 내게 사랑을 고백한 상대에게 담배를 끊으면 사귀어 주겠다고 했고, 그렇게 시작한 연애는 결국 담배 때문에 진창 싸우다 끝이 났다.

물론 예외가 있기도 했다. 그런 건 신경 쓸 겨를도 없이 빠져버렸던 스물일곱의 사랑. 그 애는 담배를 습관적으로 피우지는 않았는데, 가끔, 아주 가끔 담뱃불을 붙였다. 그 애는 가장 행복한 순간에 담배를 피우면 그 행복이 배가 된다고 말했다. 조금 쌀쌀한 계절, 따스한 봄을 닮은 장소를 우연히 발견했던 날, 쓴 커피 한 잔과 함께 담배를 피우는 그의 표정이 어찌나 행복해 보이던지. 그걸 싫다고 말하는 건 곧 그 애의 행복을 싫어한다고 말하는 것과도 같아 보였다. 그래서 말했다. 네 행복을 알고 싶다고. 그리곤 그 옆에 쪼그리고 앉아 담배를 빼어 들었다. 하지만 달콤한 분위기와는 달리 쓰고 역한 맛에 나는 연신 콜록거리며 다시는 피지 않겠다고 선언했다.

그런데 오늘 처음으로, 담배를 피워 보고 싶다는 충동이 든 것이다. 대체 왜 갑자기 그런 충동이 든 건지는 알 수 없지만, 이 무기력을 떨치고 문밖으로 나가 기꺼이 눈을 밟을 수만 있다면 그 이유가 담배가 됐든, 뭐가 됐든 계속 침대 위에만 누워있는 것보다는 낫지 않을까 싶었다. 나는 인터넷에 입문자용 담배가 무엇이 있는지 검색해보았다. 그리곤 에쎄 히말라야, 에쎄 프리즈라는 이름을 메모장에 적고는 겉옷을 껴입고 편의점에 갔다.

편의점에서 짐짓 자연스러운 체하며 말했다. "에쎄 히말라야 하나요." 내 손에 새파란 담뱃갑이 쥐어졌다. 어쩐지 엄청난 일탈을 하는 기분이 들었다. 그런데 막상 그것을 사들고 집에 돌아와 보니 라이터가 보이지 않는다. 맞다, 우리 집에 라이터 없었지. 다시 편의점까지 가기는 귀찮다. 결국 모양새는 좀 이상하지만, 향초를 피우는 기다란 연분홍색 점

화기를 들고 나가 담뱃불을 붙였다. 그리곤 한숨 크게 빨아들였다.

결론부터 말하자면 역시나 담배는 별로였다. 향도 맛도, 목과 폐가 쾌쾌해지는 느낌도 좋지 않았다. 하지만 기왕 불을 붙인 거, 끝의 끝까지 피워보리라 마음먹었다. 그렇게 가로등 아래 쪼그리고 앉아 다시 한 모금 빨아들이며 눈 쌓인 골목길을 내려다보는데, 저 멀리 골목 끄트머리에 서 있는 누군가와 시선이 마주쳤다. 잘 보이지는 않지만 그의 손에도 담배가 쥐어 있는 듯했다. 지금 시간은 새벽 세 시 반. 이 시간에 어두운 골목에 나와 담뱃불을 붙이는 저 이도 나처럼 하루를 겨우 버텨내는 중인 걸까, 아니면 그저 그런 습관인 걸까, 혼자 상상의 나래를 펼쳐본다. 뭐, 어느 쪽이든 이 어둠 속에서 몇 분이나마 함께 마주하고 있자니, 어쩐지 새벽의 쓸쓸한 비밀을 나눈 것만 같은 기분이 들었다.

이윽고 담배가 모두 타들어 갔다.

'휴, 다신 피지 말아야지.'

이렇게 다짐하고 한숨 크게 들이쉬는데……, 이상했다. 공기가 차고 맑다 못해 달기까지 한 게 아닌가. 공기의 맛이 원래 이랬던가? 입을 크게 벌리곤 다시 들이마시는 숨에 혀를 살짝 굴려보았다. 살면서 처음 맛본, 담배 피운 직후의 겨울 새벽 공기, 이건 상쾌하다는 말로도 부족했다. 이 공기가 너무도 맛있어서 살고 싶다는, 좀 더 제대로 살아보고 싶다는 의지까지 솟아오르는 게 아닌가! 그토록 싫어하던 담배 한 개비가 건넨 예상치 못한 선물. 때마침 가루눈이 휘날리기 시작했다.

나는 꼭 겨울잠을 자다 깬 곰이라도 된 듯, 입과 눈을 크게 벌린 채 이 포근하고도 건조한 풍경을 열심히 담았다. 그러고 보면 곰은 겨울이 다가오면 조용히 웅크린 채 힘을 아낀다. 지난 봄을 되찾으려다 구태여 절망하지 않는다. 얼어붙은 세상에서 잠시 순응하고 기다리다가 새 봄을 맞는다. 그렇게 다시 세상에 나온다.

손을 펴자 자그마한 눈송이가 가볍게 내려앉았다가 이내 사라져 버렸다. 어쩐지 새하얀 그들이 이렇게 말해주는 것만 같았다.

너를 해하는 의식을 마쳤다면, 이제 맑은 공기를 실컷 맛볼 차례라고. 한 번 더 바닥을 찍었다면, 그저 다시 일어나면 된다고. 또다시 시작하면 된다고.

어둠이 아니라 그늘

어쩌면 이 어둠은 그늘인지도 몰라.

뜨거운 여름에, 열기를 식혀가라며 기꺼이 내어준

나무의 그늘인지도 몰라.

내 마음의 근육을 믿고 나아가면 돼

언니 너무 멋져요, 라는 말을 곧잘 듣는 요즘이다. 부끄럽지만, 그 멋짐의 대상은 바로 나의 등짝. 클라이밍을 시작한 지 일 년이 넘어가자 볼품없이 마르기만 했던 등에 근육이 생긴 것이다. 어디 등 근육뿐인가, 이두에 삼두, 전완근까지 내가 봐도 제법 그럴 듯해 보이는 클라이머의 몸을 갖게 되었다. 다만 승모근까지 함께 성장한 탓에 요즘 트렌드라는 여리여리한 직각 어깨와는 거리가 멀어졌지만 말이다.

나는 지금의 내 몸이 꽤 마음에 든다. 근성장에 한계를 느낀 언젠가부터는 클라이밍을 마치고 난 후 나름의 트레이닝도 하기 시작했다. 제일 자주 하는 건 철봉에 매달려 몸을 당기는 턱걸이다. 처음에는 밴드의 도움이 없으면 단 한 개도 할 수 없었지만, 이젠 맨몸으로도 턱걸이 서너 개 정도는 곧잘 한다.

하지만 안타깝게도 나는 근손실이 아주 쉽게 오는 편이다. 출장과 마감으로 한 달만 클라이밍을 쉬어도 보기좋게 부풀어 있던 등과 어깨가 금세 쪼그라드는 게 눈에 보인다. 벽에 매달릴 때 당기는 힘이 줄어드는 것은 말할 필요도 없다. 그래서 아킬레스건 부상으로 인해 한 달가량 운동을 쉬었던 나는 어제도 함께 운동하는 이에게 근손실이 위험하다며 우는 소리를 잔뜩 해댔던 터다.

그러다 오늘은 오랜만에 실컷 운동을 하고 돌아왔다. 뻐근한 몸을 침대에 누이고 유튜브를 뒤적이는데, 호주의 단편 영화 하나가 눈에 들어왔다. 제목은 '커브'.

영화는 여자 주인공이 잠에서 깨어나면서부터 시작된다. 일어나 보니 그녀의 몸은 칠흑같은 낭떠러지 위에, 도저히 빠져나갈 수 없어 보이는 미끄러운 곡면 사이에 아슬아슬하게 걸쳐져 있다. 그녀는 도움을 청하려고 소리를 질러보지만 아무도 듣는 이가 없다. 그녀는 결국 곡면 위로 올라가 보려 안간힘을 쓰다가 포기하고, 다시 힘을 쓰다가 절망하기를 계속 반복한다. 그렇게 한참의 시간이 지난 후, 곡면 위에서 그

괜찮아, 몸은 내가 애썼던 시간을 잊지 않을 테니까.

잠깐 주저앉을지언정 더 빠르게 일어날 수 있을 것이다.

녀의 모습이 사라진 채 갑작스레 영화는 끝이 난다. 그녀가 결국 낭떠러지 아래로 떨어진 것인지, 혹은 기어코 빠져나간 건지는 아무도 알 수 없다. 그저 그녀가 발버둥 치던 흔적만이 남아있을 뿐이다.

영화가 끝난 뒤 가시지 않는 묘한 여운에 감독의 인터뷰를 찾아보았다. 감독은 우울증을 앓던 친구의 말에 영감을 받아 이 영화를 만들었다고 한다.

'하루 중 가장 기분이 나은 때는 아침에 눈을 뜨고 난 짧은 몇 초뿐이었어. 그 다음엔 슬픔이 몰려왔지. 현기증하곤 다른 기분이야. 내 발밑에 지구가 입을 벌리고 날 기다리는 것 같았어. 하루 종일 추락하지 않으려고 발버둥 쳐야 하는 긴장의 연속이었어.'

아, 이거 아는 기분이다. 내 감정 항아리에 끊임없이 온갖 좋은 것들을 집어넣어 보지만 결국 깨어진 밑바닥으로 모조리 빠져나가 버리는 듯한, 그래서 내가 애쓴 모든 것들이 무의미하게 느껴지는 그런 기분. 그리고 어쩌면 지금도 그 발버둥을 반복하고 있는 건지도 모른다는 생각이 들었다.

그때 카톡 알람이 울렸다. 내가 근손실에 대해 징징대던 것에 대한 답장이었다.

'근데 그거 알아? 한 번 근육이 붙은 사람은 근손실이 온

다고 해도, 나중에 다시 운동을 하면 처음 하는 사람보다 훨씬 빨리 근육이 되살아난대.'

찾아보니 과학적으로 증명된 사실이다. 운동 세포가 '근육 경험'을 기억한다는 것이다. 관련 연구를 진행했던 케빈 무라크 켄터키 대학 교수는 운동을 하고 근육을 잃는 것이 운동을 전혀 하지 않는 것보다 훨씬 더 낫다는 결론을 내렸다. 나는 그의 말이 자꾸만 우울의 관성에게 지는 것만 같던 내게, 그래도 내가 하고 있는 노력들이 헛되지 않다고 토닥여 주는 위로처럼 느껴졌다.

삶을 살아내기 위해서는 근육이 필요하다. 근육이 없으면 걸어 다닐 수도, 음식을 소화할 수도 없다. 같은 충격을 받아도 근육이 받쳐준다면 덜 다치게 된다. 마음의 근육도 마찬가지다. 마음의 근육을 잘 가꾸어야만 삶이 주는 수많은 고통에도 흔들리지 않고 굳건히 나로 살아갈 수 있다. 설령 다치더라도 비교적 덜 다치게 된다. 다만, 어디 턱걸이 한 번에 어깨 깡패가 될 수 있겠는가. 근육은 성급하게 만들려고 하면 다치기 일쑤고, 나태하면 곧 사라져 버린다. 근육은 서서히, 꾸준히 축적되는 것이다. 내 몸을 있는 그대로 바라보고, 운동을 하고, 회복기도 갖고, 단백질도 먹어주면서 그렇게

몸에 근육이 필요한 것처럼 마음에도 근육이 필요하다.
그래야 삶의 고통에 흔들리지 않고 내 길을 갈 수 있다.

꾸준히 나를 위하다 보면 언젠가 '언니, 멋져요' 소리를 듣는 근육을 가질 수 있는 것이다.

처음에는 내 몸 한 번 당기기도 힘들었고, 당길 때에도 밴드가 없어서는 안됐지만, 언젠가부터는 맨몸으로도 거뜬히 서너 번은 당겨낼 수 있게 됐다. 아마 노력의 시간이 더 쌓이면 무거운 추를 몸에 달고도 턱걸이를 할 수 있겠지. 뭐, 그러다 예기치 않게 근손실이 좀 생기더라도, 다행히 내 몸은 내가 애썼던 시간들을 기억할 테니까, 다시 훌훌 털고 운동을 시작하면 된다. 그러면 되는 거다.

땀 흘린 몸을 씻어내고 오랜만에 명상을 해본다. 감정 쓰레기를 가득 담은 일기도 써 본다. 좋아하는 음악을 듣는다. 환기를 시킨다. 맛있는 음식을 먹는다. 근육이 생겨본 경험이 있기에, 이번에는 심연으로부터 더 잘 벗어날 수 있을 것이다. 그러다 또다시 무너지더라도 처음보다는 잘 빠져나올 수 있을 것이다. 근손실은 위험하지만, 두려워할 것 없다. 내 운동 세포의 기억력을 믿고 그저 나아가면 된다.

내가 가지고 있던 그 색, 참 예뻤던

모두에게는 각자의 고유한 색이 있다. 그런데 때로는 내가 가진 색보다 다른 이의 색이 훨씬 고와 보인다. 그러면 우리는 우리가 가진 것 위에 다른 색을 하나둘 덧칠해 본다. 그렇게 잘 혼합된 색은 본연의 것보다 더 아름다운 색을 창조해내기도 한다. 하지만 되고 싶은 내가 너무도 많아 계속해서 다른 색을 더하고 더하다 보면, 어느새 검은색이 되어버리고 만다. 내가 가진 고유의 색은 소멸해 버린다. 이제는 어떤 색깔을 더해 본들 더 진한 검은색이 될 뿐이다. 그럼, 그제야 궁금해진다. 원래 내가 가진 색깔은 무엇이지?

그리워진다. 아, 내가 가지고 있던 그 색, 참 예뻤던 것도 같은데.

이름은
잘못이
없어요

열여덟 살의 끝 무렵, 서로의 집에 곧잘 머물던 단짝 친구가 있었다. 하루는 그 애가 내 이름의 한자를 물어봤다. 나는 자랑스레 써 보였다. 며칠 후 그 애가 말했다. “우리 엄마가 그러는데 너 이름 바꾸래.” 그 애의 엄마는 사주 철학에 능한 사람이었다. 그 애는 긴 설명을 이어갔다. 귀에 잘 들어오진 않았지만, 결론은 이 이름을 계속 사용하면 내 인생이 꼬인다는 말이었다. 사주니 뭐니 믿어본 적도 없고 잘 알지도 못하지만, 곧 시작될 입시 전쟁을 앞둔 입장에선 꽤 찝찝한 말이었다. 나는 엄마에게 쪼르르 달려가 말했다.

“엄마, 누가 나보고 이름 바꾸래.”

엄마는 이유도 묻지 않고 반가운 얼굴로 말했다.

"그래, 그럴래? 안 그래도 엄마는 너 이름 좀 바꿨으면 했어!"

"이러면 내가 더 당황스러운데, 왜?"

"네 이름, 할아버지가 지어주셨잖아. 근데 난 처음부터 그 이름이 별로였어. 미희라는 이름, 너무 유약해 보이잖아. 근데 그 시절엔 내가 뭘 어쩌겠니. 그렇게 지으라니 지을 수밖에 없었지. 네 이름 때문에 네가 살이 안 찌고 자그마한 게 아닌가 늘 생각했어."

"그게 뭐야. 뭐, 아무튼 잘됐다. 나도 중성적인 이름이 늘 예뻐 보였거든. 좀 더 세 보이는 이름으로 짓지, 뭐."

당시의 개명 절차는 그다지 간단하지 않았다. 엄마와 나는 조금 여유를 갖고 어떤 이름이 좋을지 찬찬히 알아보기로 했다. 나는 이 상황이 마냥 재미있기만 했다. 그래서 새로운 오락 거리라도 생긴 것처럼 곧바로 반 친구들에게 떠벌리고 다녔다.

"나 이름이 안 좋대. 곧 바꾸기로 했어. 그러니까 앞으로는 미희라고 부르지 마."

"그럼 뭐라고 불러?"

"음, 아직은 안 정했는데……."

"그럼 너 우리 반 5번이니까, 정할 때까진 5번이라고 부를까?"

"대박! 나 숫자 중에 5를 제일 좋아하는데. 좋아!"

그때부터 3학년이 되기까지 내 이름은 5번이었다. 하지만 새 학기가 시작되고 바쁜 나날이 펼쳐지면서 이름을 바꾸겠다는 의지는 점차 사그라들었다. 이따금 "엄마, 그래서 이름 뭐로 바꾸지?" 하고 묻기도 했지만, 처음으로 수시를 넣은 학교가 덜컥 붙어 버리면서, 이 이름도 썩 나쁘지 않잖아? 하고 생각하며 개명 생각은 어느덧 잊게 되었다.

스물다섯 봄, 인턴 기간이 끝나고 슬슬 취업이 걱정되기 시작했다. 광고 일이 좋은 건 변함 없었지만 이젠 구체적으로 방향을 정해야 했다. 그즈음 주위에서 하나둘 사주를 보고 왔다는 애들이 생겼다. 물어보면 나무니 불이니 물이니 하는 처음 듣는 이야기를 들려주었다. 어쩐지 혹하는 마음이 생겨 애들에게 물었다. 괜찮은 곳 있으면 내게도 알려줘.

받아 적은 주소로 찾아가니 희끗희끗한 수염을 곱게 기른 할아버지가 홀로 앉아 있었다. 할아버지는 내 이름의 한자와 생년월일을 물어보시고는 누렇고 두꺼운 책을 침 발라 넘기며 크흠 소리를 내었다. 그리곤 말했다.

"이름은…… 바꾸는 게 좋겠는데?"

나는 지금까지 까마득하게 잊고 있었던 열여덟 살의 겨울을 떠올렸다. 할아버지는 조금 센 어조로 말을 이어갔다. 이름이 나쁘단다. 이대로면 내 중년과 말년 운이 좋지 않단다. 그럼 초년은 좋았냐고 물으니 그것도 아니란다. 남자 문제에 금전 문제에 건강까지, 일부러 하는 악담처럼 온갖 나쁜 이야기가 펼쳐졌다. 이후 다른 아이들에게서 들었던 것처럼 나무니 물이니 하는 이야기가 이어졌지만, 딱히 내 머릿속에 남지는 않았다.

이번엔 개명에 대해 제대로 알아보기 시작했다. 믿고 안 믿고를 떠나 두 번이나 이런 얘기를 듣고 나니 앞으로 나쁜 일이 있을 때마다 이름 탓을 하게 될 것만 같았다. 게다가 열여덟 살 때의 기억 때문인지 나는 내 이름에 딱히 애착도 없었다. 이름을 바꾸는 건 내게 전화번호를 바꾸는 그 이상도, 이하도 아니었다.

하지만 이번에도 실행에 옮기지는 못했다. 곧 회사에 들어갔고, 나는 어떤 잡생각도 하지 못할 정도로 바빠졌기 때문이다. 한 번은 막차를 놓쳐 택시를 잡아타고 퀭한 몰골로 퇴근하는 길, 개명하려던 일이 떠오르기는 했지만, 됐다, 이름은커녕 그 시간에 잠이나 자야지 싶었다.

그러다 서른의 내게 엄마가 대뜸 묻는 거다.

"근데 너 진짜로…… 이름 바꾸지 않을래?"

한창 일이 꼬여가고 있을 때였다. 그즈음 엄마는 철학관에 가 오빠와 나의 사주를 보았고, 이전의 내가 그랬듯이 이름에 대한 썩 좋지 않은 말을 들었다고 했다. 당신 역시 사주를 믿는 사람은 아니었는데, 근래 들어 걱정이 많았던 모양이다. 나는 생각해 보겠노라고 했다. 그리곤 친한 언니들과 함께 분홍빛으로 꾸며진 사주 카페에 갔다. 이십 대에 사주 한 번 봤으니, 삼십 대에도 한 번 봐야지 싶었다. 그곳에선 예전에 간 철학관처럼 악담을 퍼붓지는 않았지만, 그래도 이름만큼은 바꾸는 편이 좋겠다고 했다. 어려우면 한자라도 바꾸란다.

이쯤 되니 생에 찾아온 모든 불행이 이름 탓인 것만 같았다. 앞길엔 꽃길만 펼쳐질 거라고 열심히 응원해주어도 어쩔 수 없이 휘청이는 것이 사람인데, 애초에 인생이 잘 안 풀릴 수밖에 없다니, 그게 다 이름 탓이라니, 이게 미신이든 통계든 무어든 네 번이나 귀에 들려온 이상 달라질 게 없어 보였다. 나는 개명을 결심했다.

이후 모든 일은 일사천리였다. 작명소 두 곳에서 내게 좋다는 이름을 열세 개나 받아서 최종적으로 다섯 개를 추렸다. 연우, 서윤, 도희, 나윤, 서원. 주변 사람들에게 한 번씩 불러봐 달라 부탁해보기도 하고, 투표에 붙여보기도 했다.

하지만 결국은 내 취향대로 갔다. 그중에서 비교적 중성적인 이름, 서원. 왠지 도산 서원이 생각나 아침 일찍 일어나 글공부를 해야 할 것 같은 이 이름이 마음에 꼭 들었다. '여행자 메이'라는 이름을 지을 때도 그러했지만, 모쪼록 평생 살아갈 이름을 내 마음대로 고른다는 건 꽤 멋지고도 신나는 일이다. 더군다나 삼십 년 만에 바꾸는 이름이라니, 지금이 꼭 인생의 1막과 2막 사이 인터미션인 듯했다.

우리나라의 개명 절차는 그사이 더욱 간소화되어 별로 어려울 게 없었다. 사유서와 함께 필요한 서류를 제출하고 기다리면 그뿐이었다. 사유서는 제법 구구절절하게 적어보았다. 제가 삼십 년 함께 한 이름을 왜 바꾸려고 결심했냐면요……, 뭐가 그렇게 힘들었냐면요……, 쓰다 보니 자기연민 가득한 한풀이가 되었다. 살면서 온갖 힘들었던 일을 이름 탓으로 돌리고 보니 괜히 이름에게 미안한 마음이 들어 눈물이 찔끔 나왔다.

알아. 넌 아무 잘못이 없는데, 그냥 네 탓을 하고 싶은 건지도 몰라. 그냥 지푸라기라도 잡아보고 싶은 거야. 그리곤 듣고 싶은 거야. 결국 모든 것은 좋은 방향으로 잘 흘러갈 거라고, 네 이름만 봐도 안다고, 그런 응원의 말이 듣고 싶은 거야. 애쓰지 않아도 기꺼이 그렇게 될 거라는 무조건적인 희망을 하나쯤 내 속에 품고 살고 싶은 거야. 그러니까 삼십 년을 함께한 널 이렇게 떠나보내는 나를…… 이해해줄 수 있겠니?

그렇게 어제까지는 김미희였고, 오늘부터는 김서원이 되었다.

이제 나는 무엇도 탓하지 않고, 모든 걸 온전히 나의 몫으로 받아들일 수 있게 될까?

그리고 2년이 흘렀다.

"서원아!"

"……아, 저요?"

"미…… 그, 어…… 서원아!"

"어? 어……?"

한동안은 부르는 사람도 듣는 사람도 어색했던 시간이었다. 하지만 이젠 입에도 귀에도 붙게 된 새 이름, 서원. 새로운 인생이 펼쳐지는 대단한 감흥도, 이름이 주는 특별한 기적도 없었다. 미희든 서원이든 나는 여전히 똑같은 나로 살아가고 있다. 늘 그렇듯, 좋은 일도 나쁜 일도 사이좋게 오고 간다. 변화는 내 노력의 질량에 따라 생기거나 말거나 할 뿐이다. 그러다 어제 처음으로 달라진 점을 하나 알게 되었다.

"최근에 차 사고에, 그 자식 뒤통수에…… 아무튼 난리도 아니었잖아."

"야, 그래도 너 개명 잘했다. 이름 바꿔서 그 덕에 안 다치고, 그 자식도 거를 수 있게 된 거 아냐?"

세상에, 나는 분명 최근에 액땜하듯 줄지어 일어난 온갖 안 좋은 일들에 대해 말했는데, 친구는 그게 이름 '때문'이 아니라 이젠 '덕분'이란다. 똑같은 상황을 두고도 이름 때문에 나빴던 거라고, 이름 덕분에 덜 나쁠 수 있던 거라고 다르게 생각할 수 있다니.

나는 그렇네, 하며 웃어버렸다.

안다. 이름은 잘못이 없다. 잘한 것도 없다. 하지만 그 핑계로 이렇게 허허 웃어 버릴 수 있다면, 그래도 이쪽이 낫지 않겠는가.

서툴지만, 괜찮아요

초고를 슬쩍 훔쳐보려는 이에게서 등을 지고, 두 손을 펼쳐 모니터 화면을 가린다. 아니, 초고라니까? 모든 초고는 쓰레기인 거 몰라? 그러고는 옆에 앉아 퇴고를 시작해 본다. 주어 하나 접속사 하나 모든 것을 고심한다. 그를, 그 애를, 그 사람을, 당신을, 너를. 그래서, 그러니, 그러니까, 그러므로, 아니, 아예 지워버릴까. 그러다 문득 퇴고가 가능한 삶에 대해 그려 본다. 날 것의 부끄러움을 체로 걸러낸, 정제된 단어로만 가득한 삶은 어떨까. 서툰 표현으로 누군가에게 상처 주지도, 후회를 남기지도 않고, 나의 못난 마음을 잘 감추어낼 수도 있을 것이다. 하지만 나는 그 삶이 퍽 외로울 것 같다. 결국엔 돌고 돌아 되고 없는 날 것을 주고받을 수 있는 이를 찾아 헤맬 것 같다. 서툴고 아플지언정 초고로 가득 찬 삶이 훨씬 아름다울 것만 같다. 그러면서도 모니터만큼은 자꾸만 가리게 되는 건 왜일까. 아니, 그래도 초고는 못 보여 준다고. 저리 가라고.

이렇게 보니
참으로
어여쁜 당신이군요

☽

내게는 꼭꼭 숨겨온 비밀이 하나 있다. 그러니 이건 당신만 알고 있기로 하자. 음, 그러니까 나는, 사실 사람에게 별 호기심이 없다. 뭐? 대단한 비밀이 아니라서 실망스럽다고? 그래도 나름 용기를 갖고 고백한 거니, 조금은 심각하게 들어주시면 고맙겠다. 이 비밀에 대해 고백하는 게 사실 처음은 아니다. 언젠가 술김에 누군가에게 이야기를 털어놓은 적이 있는데, 내 앞에 앉은 이는 이렇게 답했다.

"에이, 말은 그렇게 해도 네가 사람들에게 관심을 기울이는 모습을 많이 봐 왔는걸. 그 모습이 너무나 따뜻하고 예뻐 보였다고."

나는 곧바로 입을 다물었고, 이 사람과 연인으로 발전할 일은 없겠구나 확신했다. 인간에 대한 정과 호기심, 이건 어쩌면 여행자가 지녀야 할 기본 덕목인지도 모른다. 그렇다면 나는 여행자로서 실격이다. 이걸 알고 있기에 좀처럼 이 가면을 내려놓을 수가 없다.

애초에 타고난 성정인 까닭도 있겠지만, 나이를 한 살 한 살 먹어가며 다양한 사람들을 마주하게 되며 관심을 잃어간 것도 있다. 사람에 대한 기대와 실망을 반복하며, 아, 대단해 보이는 사람도 까보면 다 거기서 거기구나, 세상에 특별한 사람은 없구나, 모두가 불완전하구나 싶었고, 이것은 호기심의 고갈로 이어졌다. 동종업계의 유명 인사를 소개해준다는 (이성적으로 말고!) 제안을 들었던 때에도 적당한 핑계를 대며 빠져나가기 일쑤였고, 어쩌다 사회적으로 대단하다는 이와 마주 앉아 대화를 나누게 된 날에도 '저에게 궁금한 건 없나요?'라는 질문에 '네, 딱히 없군요.' 하는 답을 대놓고 할 순 없어 애를 먹었다.

그렇다면 누군가 내게 이렇게 물어볼 수도 있겠다. 여행을 하며 사람들과 어울리던 모습은 거짓인 거냐고. 답하자면 그건 아니다. 그랬다면 진작에 배우로 진로를 틀었겠지. 좋아하는 것과 궁금해하는 건 엄연히 다르다. 누군가와 함께 즐거운 순간을 보내는 건 분명 좋은 일이다. 그 순간도 좋고, 빛나는 순간 속에 함께 있는 우리도 좋다. 하지만 순간을 함께 하는 상대에 관해 호기심을 가졌던 적은 사실 거의 없었다. 나와 함께 하는 그들이 어떤 생각을 하며 살아가고, 어떤 음악을 좋아하고, 어떨 때 슬퍼하며, 언제 가장 행복했는지는 딱히 궁금하지 않았다. 아마도 '즐거운 무관심 상태'였다는 말이 어울릴 수도 있겠다.

그래도 그럴싸한 질문들을 던져 가며 겉으로는 티를 내지 않으려 퍽 노력했는데, MBTI가 유행한 이후로는 그조차도 잘 하지 않게 되었다. MBTI는 네 번이나 검사해 보았는데 똑같이 INFP(인프피)가 나왔다. 인프피의 대표적인 특징은 혼자 있는 것을 좋아한다는 것. 요즘 대부분의 사람들이 MBTI에 대해 잘 알고 있다 보니, 나에 대해 구구절절 설명하지 않아도, 굳이 두꺼운 가면을 쓰지 않아도, "아, 제가 인프피라서요." 이 한마디면 모든 것이 충분히 이해되는 순간이 많아졌다.

"우리 모임에 나올래?"

"아, 인프피라서요."

"왜, 별로 말씀이 없으세요?"

"아, 인프피라서요."

"알아두면 좋을 사람이 있는데, 소개해줄까?"

"아, 인프피라서요."

세상에, 이렇게 편할 수가!

제가 여행을 좋아하기는 하지만, 사람과 함께 있을 때 에너지가 많이 소모되고, 사실 사람들에게 별 관심이 없거든요. 궁금하지도 않은 사람들에게 에너지를 쓰는 것보다는 혼자만의 시간을 보내는 게 좋겠어요. 예, 사실 당신에 대해서도 딱히 궁금한 게 없어서요, 이만 집에 가봐도 될까요? 라고 말하지 않아도 되었다. 그냥 '나는 인프피요.' 한마디로 '아, 그렇군요.' 하는 답변을 받을 수 있다니 얼마나 편한가. 이 과정에서 사회적 노력은 점차 더 게을리하게 되고, 사람에 관한 호기심도 더욱 고갈되었음은 말할 필요도 없다. 그러다 오늘 했던 여행 강연에서 이런 질문을 받았다.

"여기만은 절대 가지 말라고 할 만한 재미없는 여행지가 있을까요?"

나는 대답했다.

"글쎄요. 개인적으로 제 취향에 맞지 않았던 곳이나 비교적 치안이 좋지 않은 곳에 대해 이야기할 순 있겠지만, 제가 감히 어떤 곳을 재미없는 곳이라고, 그러니 절대 가지 말라고 단언할 순 없는 것 같아요. 여행의 경험은 너무나도 주관적이고, 무엇보다 제가 어떤 곳을 일주일 여행했다고 해서 그곳을 완전히 알게 되었다고 말할 순 없는 거잖아요. 스쳐가는 여행자 입장에서 그 여행지를 얼마나 온전히 알 수 있겠어요. '여긴 이런 곳이야, 절대 가지 마.' 혹은 '여긴 무조건 가야 돼!'라고 단언하는 건 오만인 것 같아요. 그리고 사실 이런 오만을 버리고 보면 재미없는 여행지란 건 존재하지 않는 것 같아요."

나는 잠시 말을 멈추었다. 문득 내가 말하는 여행이 꼭 사람인 듯했기 때문이다. 질문자의 의아한 눈빛에 목을 다시 가다듬고 답변을 이어가며 치안이 좋지 않은 몇몇 여행지에 대해 알려주었지만 내 머릿속엔 아차 싶은 생각이 내내 가득했다.

'겪어보니 사람은 다 거기서 거기더라고.' '특별한 사람은 없더라고.' 이렇게 생각하며 그동안 얼마나 오만에 차 있었던가. 깊고 넓은 인간이라는 우주의 일부만을 겨우 보았을 뿐인데, 대체 뭘 안다고. 지금까지 삼십여 년을 나로 살았음에도 나는 아직 나를 완전히 알 수 없는데, 여전히 왜 거기서 그런 행동을 했지? 의아한 날이 많은데, 어찌 감히 사람을 단정 짓고 사람에 관한 호기심을 거두었을까. 그런 오

진심을 담아 바라보면 꽃이, 여행지가, 사람이, 세상이 모두 찬란해 보이지 않을까.

이렇게 보니, 참으로 어여쁜 당신이군요

만을 떨며 나는 얼마나 재미없는 인간사 여행을 하고 있었던 것일까. 한 사람의 우주를 파악하는 데에 이토록 게을렀던 나의 사랑은 얼마나 진실할 수 있었을까.

언젠가 엄마와 경기도 포천에 있는 허브 아일랜드에 꽃을 보러 간 적이 있었다. 그런데 날씨가 생각보다 일찍 쌀쌀해진 탓인지, 저물기 시작한 핑크뮬리를 제외하고는 볼만한 꽃이 그다지 많지 않았다. 철이 아닌 라벤더밭과 이름 모를 꽃 정원을 지났지만, 허브 아일랜드는 온통 물 빠진 초록빛으로 가득했다. 싱그럽고 찬란한 봄빛을 기대했던 나는 별 감흥을 느끼지 못했다. 대충대충 보고 빨리 지나가고 싶었지만 그럴 수가 없었다. 엄마 때문이었다. 엄마는 자꾸만 허리를 숙여 꽃을 들여다보았고, 때때로 그것들을 아주 조심스레 어루만졌다. 그리곤 어설픈 손놀림으로 매번 클로즈업을 해가며 사진을 찍었다. 나는 멀찍이 서서 엄마를 기다렸다. 그리고 가끔 할 일이 없어 사진을 찍는 엄마의 모습을 카메라에 담았다. 한참이 지나서야 돌아온 엄마가 말했다.

"잎을 보면 언뜻 보기엔 다 똑같아 보이는데, 자세히 보면 모두 다 달라. 특히 꽃술이 참 예뻐. 생김새가 얼마나 제각각인지 몰라. 내가 네 나이 때 이걸 알았으면 참 좋았을

텐데."

사실 그날의 꽃구경은 내게 썩 인상적인 기억은 아니었다. 포천에서 서울로 돌아온 나는 금세 그 여행을 잊었다. 그런데 일 년이 지난 오늘에서야 문득 그런 생각이 드는 것이다. 세상 모든 것이 신기한 어린아이처럼, 모든 꽃의 꽃술이 어여쁜 엄마처럼, 진심을 담아 바라보면 세상 모든 꽃이 아름답고, 모든 사람이 특별하며, 모든 여행지가 찬란하지 않을까 하는 그런 생각 말이다. 그런 마음으로 사람을 여행하고, 나를 여행한다면 하루하루가 얼마나 즐거울까. 진심으로 상대의 기쁨과 풍파를 궁금해하고 다정 섞인 호기심을 건넬 때, 그 관계는 또 얼마나 아름다운 꽃을 피우게 될까.

휴대폰을 뒤적여 그날 찍은 엄마의 사진을 찾아본다. 사진을 확대해보니 옅게 웃고 있는 엄마의 입술이 보인다. 모든 꽃을 혼을 담아 바라보는 눈동자가 보인다. 은은한 향내를 맡을 준비가 된 콧망울이 보인다. 나는 생각했다. 아, 이렇게 보니 참으로 어여쁘구나, 그녀도, 꽃도.

돌연 궁금해진다.

엄마는 언제부터 꽃술이 어여쁘다는 걸 알게 됐어? 세상에 지루한 풍경이 없다는 건 누가 알려줬어? 꽃을 보던 날,

엄마는 무슨 생각을 하고 있었어? 엄마에게도 나처럼 숨겨 온, 별거 아닌 비밀이 있어?

• • •

부끄럽지만 이제야 궁금해집니다. 비로소 진심으로요. 이 글을 읽고 있는 당신은 어떤 사람일까요. 어떠한 어둠을 건너, 또 어떤 빛을 향해 나아가는 중일까요.

나라는
게스트하우스에 찾아든
감정이라는 여행자

요즘 〈나의 해방일지〉라는 드라마에 푹 빠져있다. 크게 자극적인 내용은 없는 드라마다. 삼삼하면서도 깊은 맛이 우러나는 게 보고 있으면 꼭 평양냉면 한 그릇을 호로록 넘기는 것 같다. 작가의 필력은 또 어찌나 대단한지, 대사 한 마디 한 마디가 남기는 여운은 드라마가 끝나고 며칠 동안이나 남아있곤 했다.

오늘은 12화를 볼 차례다. 11화에서 불안불안하더니만, 남자 주인공 구 씨가 여자 주인공 미정을 떠나 원래 있던 어둠의 세계로 돌아간다고 통보를 하고야 만다. 미정에 이미 감정이입이 된 나는 마음이 저릿했다. 미정의 담담한 반응에 구 씨는 도리어 묻는다. 너는 화도 나지 않느냐고. 나는 미정

대신 대답했다. 너 같으면 화가 안 나겠냐고! 그런데 웬걸, 우리의 주인공 미정은 씁쓸한 표정으로 이렇게 답하는 게 아닌가.

"화는 안 나. 돌아가고 싶다는 거잖아. 가고 싶다는 건데, 물론 가지 말라고 할 수는 있어. 더 있다 가라고 할 수도 있어. 나는 서운해. 근데 화는 안 나."

잠시 일시 정지를 눌렀다. 그녀의 표현이 어쩐지 생경했다. 화가 나지 않지만 서운하다고? 뭐, 그게 그거 아닌가? 밥알과 함께 그녀의 말을 여러 번 곱씹어 보았다. 그러다 알게 되었다. 미정은 자신의 감정을 정확하게 알고, 그것을 군더더기 없이 꺼내 놓을 줄 아는 사람이란 걸.

그즈음 나는 내게 찾아오는 다양한 부정적인 감정들을 '우울'이라는 말로 뭉뚱그려 받아들이고 있었다. 분노가 치밀어도, 마음이 공허해도, 누군가에게 섭섭함을 느껴도, 후회되는 일이 있어도, 미래가 불안해도, 상황이 씁쓸해도, 그 모든 걸 우울이라고 뭉뚱그리니, 나는 자연스럽게 온종일 우울한 사람이 되어있었다. 하지만 분명한 건 감정의 색은 흑백이 아니다. 각자의 고유한 색과 이름이 존재한다. 몰랐던 사실은 아니지만, 그것을 분명하게 바라보고 표현하는 미정

모든 감정에는 각자의 고유한 색과 이름이 존재한다. 행복, 불안, 기쁨, 설렘, 절망…… 나는 나를 찾아오는 모든 감정의 이름을 정확하게 알아차리고, 솔직하게 마주하기로 했다. 억지로 내쫓으려 하지도 말고 있는 그대로.

의 말에 그동안의 나는 나의 진짜 감정들을 놓치고 있었다는 걸 깨달았다.

밥상을 정리한 후 그 위에 이면지를 한 장 꺼내어 놓았다. 손에는 펜을 들었다. 최근에 느꼈던, 나를 짓누르던 진짜 감정들과 마주해보고 싶었다. 미정처럼 자유롭게 표현해보고 싶었다. 시작이 쉽지 않아 한참 동안 펜촉을 종이에 댔다가 떼기를 반복했지만, 이내 한 자 한 자 마음에 쌓여온 돌멩이의 이름들을 찾아낼 수 있었다.

- 인간 관계의 회의로 인한 쓸쓸함.
- 사회적으로 뒤처진다는 느낌에서 오는 불안감.
- 내가 가진 실제 능력과 기대치의 괴리에서 오는 자괴감.

처음에는 하나의 쓰레기봉투 속에 뒤엉켜 있던 것들이 각각의 이름을 찾아가며 재활용품으로 분리가 되었다. 써 내려갈수록 '요즘 우울하다'라는 한 마디에 가려져 있던 진짜 감정들이 명확히 보였다. 미정의 말처럼 화가 나는 것과 서운한 것은 다르다. 우울한 것과 속상한 것은 다르다. 감정을 쪼개고 펼쳐 놓으니, 이내 이 감정들을 다루는 방법 또한 선명해졌다.

- 흘러간 것은 흘러가게 놔둘 것.
- 타인과 비교하지 말고 묵묵히 나의 길을 걸을 것.
- 기대치를 따라갈 수 있도록 더 노력할 것. 더 많이 읽고, 더 많이 사유하고, 더 많이 쓸 것.

최근 들어 나를 갉아 먹던 감정의 혼합물 덩어리가 그제야 제자리를 찾은 듯했다. 그 덩어리의 실체는 그렇게 대단한 괴물이 아니었다. 감정을 오롯이 마주하고 보니 각각의 이름을 가진, 내가 그런대로 감당할 수 있을 만한, 그리고 더 나아가 발전적인 결론까지 도출해낼 수 있는 건강한 감정들이었다. 자연히 정체 모를 감정이 더 큰 안 좋은 감정을 낳는 악순환의 고리는 툭 하고 끊어졌다.

나는 거기서 멈추지 않고, 자그마한 긍정의 감정들도 이어서 적어보았다. 너무도 소소해서 적지 않았다면 금세 잊혔을 법한, 잡초 틈에 피어있는 들꽃 같은 감정들까지도 말이다. 창문을 열었을 때 느낀 봄기운에 대한 반가움, 배달온 음식 위에 '맛있게 드세요' 친필 쪽지를 보고 느낀 정겨움, 마감을 마치고 느낀 홀가분함…….

이름 붙은 감정들을 하나하나 바라보고 있자니, 무엇 하나 억지로 내쫓으려 애쓸 필요가 없겠다는 생각이 든다. 모두의 삶에는 행복이 있고, 기쁨이 있고, 불안이 있고, 절망이 있고, 설렘이 있고, 아쉬움이 있고, 기대가 있고, 혼란이 있고, 머뭇거림이 있고, 실망이 있고, 후련함이 있다. 우울함도 있다. 오늘 당신이 무엇을 느끼든 그것은 오늘을 잘 살아내고 있다는 증거이다. 그러니 구태여 흑과 백으로 나누거나 포개어 놓을 필요가 없다. 우리는 그저 그것들의 진짜 이름을 알아차린 후, 적당한 방을 내어주면 그뿐이다. 그 감정들이 적당히 머물다가 떠나갈 수 있도록, 어쩌다 다시 돌아오더라도 대수롭지 않도록. 나라는 게스트하우스를 방문하는 여행자 아무개처럼 말이다.

그러다가 누군가 물어보면, 게스트하우스 사장님이라도 되는 양 이렇게 답하는 거다.

"최근에는 일이 잘 풀리지 않아 A가 놀러 왔어. 그렇지만 정신 차리고 당장 할 일에 집중하다 보니 금세 돌아가 버렸지. 오늘은 날씨가 좋아서 B와 C가 놀러 왔지 뭐야. 좀 큰 방을 내어 줘야겠어."

기꺼이
춤을 추며
자신의 색을 칠해나갈 것

클라이밍을 시작한 지 6개월쯤 됐을 무렵, 첫 정체기가 찾아왔다. 클라이밍 실력이 좀처럼 늘지를 않는 거다. 혼자 클라이밍장을 찾아 마음에 드는 문제에 주구장창 매달려봤지만, 완등 직전에 바닥에 떨어지기를 반복했다. 한숨을 크게 쉬며 고개를 돌려보니, 내게 처음 클라이밍을 알려준 어린 선생님이 지켜보고 있었다. 나는 울상을 지으며 말했다.

"선생님, 저 요즘 실력이 늘지가 않아요. 완등을 못하겠어요."

"있잖아요, 서원씨. 지금 서원씨한테 이 문제를 풀기 위한 코어나 힘, 유연성은 충분해요. 제가 같은 신체 조건으로 푼다면 지금 바로 풀 수도 있죠. 차이는 뭐냐면, 루트파인딩이에요."

"루트파인딩이요?"

"네, 저는 경험이 더 많다 보니, 똑같은 문제도 어떤 동작으로 어떻게 가야 더 편한지 잘 아니까요. 같은 조건에도 힘을 덜 들이며 완등할 수 있는 거죠. 그러니까 이제 무작정 벽에 붙기보다는 루트파인딩에 좀 더 신경써보면 어때요?"

"하긴 제가 그동안 너무 대책없이 붙긴 했죠?"

"조금요. 이제는 10분이든 20분이든 좋으니, 가만히 앉아서 홀드를 바라보며 동작을 고민해봐요. 그러다 완벽하게 완등하는 그림이 머릿속에 그려지면, 그때 벽에 붙는 거예요."

"네, 그렇게 할게요"

루트파인딩이란 등반자가 등반할 코스를 미리 살피는 것을 의미한다. 간단히 말하면 길찾기라고 할 수 있는데, 파악해야 하는 것들은 말처럼 그리 간단하지만은 않다.

먼저 고도의 기술을 요하는 볼더링의 경우, 작은 판단 하나하나가 완등의 성공과 실패를 가른다. 어느 방향으로 가는 것이 효율적인지, 어떤 홀드를 잡고 또 밟을지, 똑같은 홀드라도 아래쪽을 잡을지 위쪽을 잡을지, 몸의 중심은 어디에 둘지, 오른팔을 먼저 뻗을지 왼팔을 먼저 뻗을지, 다리는 넓게 벌릴지 좁힐지 등을 세세하게 파악해야 한다.

줄을 매달고 높은 벽을 오르는 리드 클라이밍의 경우에는 전체적인 그림에 더 집중해야 한다. 완등까지 가는 길에 가장 어려운 크럭스 구간은 어디인지, 어느 곳에서 휴식을 취해야 할지 정확하게 봐두어야 한다. 짧지 않은 거리를 긴 호흡으로 등반해야 하기 때문에, 중요한 순간에 힘을 몰아 쓰고, 조금 편한 구간에서는 손을 털며 확실히 쉬어줘야 한다. 집중과 휴식을 반복하는 우리네 삶이 그렇듯 말이다.

하지만 당시 나의 말버릇은 이러했다.

"아 모르겠다. 일단 그냥 붙어보고 오지 뭐."

루트파인딩에 크게 신경 쓰지 않고 몸으로 때우겠다는 심보, 완벽하게 동작을 찾지 못했더라도 일단 벽에 붙으면 어떻게든 되겠지 하는 마음이었다. 그런데 사실 이건 내가 꽤 좋아하는 나의 부분이기도 했다.

돌이켜보자면 나의 이십 대 초중반은 꽤 둔탁하고 뻣뻣했다. 겁 없이 새로운 무언가를 도전하는 청춘의 유연성은 가진 자의 여유에서 나온다고 생각했다. 나는 가진 것이 없었

나는 유연한 서른이고 싶다. 조금 다치더라도 무모함을 안고 도전해 보고 싶다.

망설이지 말고, 두려움을 거두고 일단 한번 시도해 보자.

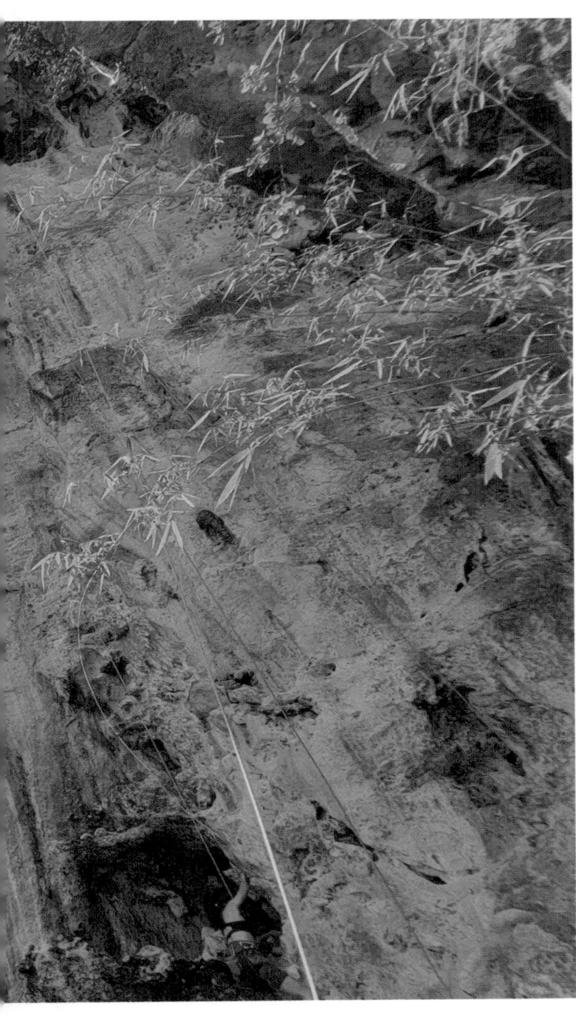

다. 경제적 여유가 없는 이에게는 무모한 도전을 할 선택권 자체가 없다고 여겼다. 하지만 스물일곱, 난생처음 저질러본 일탈, 세계일주는 이러한 내 생각을 완전히 뒤바꾸어 놓았다. 지구 한 바퀴를 돌며 발자취를 남기고, 빈털터리로 돌아와서는 전공과 다른 새로운 일을 무작정 시작하며, 아, 불가능한 건 없구나, 꼭 남들을 따라갈 필요는 없구나, 일단 해보는 게 중요하구나 싶었다. 이후 나는 걱정 섞인 루트파인딩보다는 대담히 홀드 먼저 잡고 보는 쪽을 택했다. 그것이 생각처럼 되지 않아 미끄러지면 다른 루트로 도전해보면 그만이었다. 나는 그렇게 맞이한 나의 서른을 사랑했다. 유연한 눈으로 생을 바라보는, 미생처럼 헤매더라도 자유로이 걸어가는 나의 청춘을 진심으로 사랑했다. 하지만 이렇다 할 계획 없이 찍어가는 걸음은 때때로 나아가는 속도를 더디게 만들기도 하였다. 나의 클라이밍 실력처럼 말이다.

선생님의 조언 이후 나는 루트파인딩에 많은 시간을 쏟기 시작했다. 벽에 붙기 전 10분 정도는 꼭 벽을 바라보며 고민했다. 그러다보니 확실히 시도 횟수 대비 성공률이 높아지기 시작했다. 팔다리에 가득했던 상처도 눈에 띄게 줄었다. 그렇게 클라이밍 정체기가 지나가는가 싶었다. 그런데 큰 문제가 하나 생겼다. 고민하는 시간이 길어지면서 딱 그만큼 벽에 매달리는 일이 겁이 나는 거다. 상상 속에서 조금이라도 막히는 부분이 있다면, 막상 매달려보면 쉽게 해결될지도 모르는 일인데, 나는 좀처럼 벽에 붙을 수가 없었다. 완벽한 확신을 가져야만 벽에 붙을 수 있었다. 자연히 무모한 도전을 해나갈 용기는 줄어들게 되었다.

선생님께 묻고 싶었다.

"선생님, 이전처럼 일단 벽에 붙고 보면 안 될까요? 저는 여전히 유연한 서른이고 싶어요. 제 서른을 무모함으로 가득 채워가고 싶어요. 설령 조금 다치더라도요."

하지만 목 끝까지 차올랐던 이 말은 클라이밍 연차가 쌓이고 각종 부상을 경험하며, 쏙 들어가 버렸다. 클라이밍 7개월 차, 가벼운 점프 동작을 하다가 미처 보지 못한 홀드에 부딪혀 갈비뼈에 실금이 갔다. 한 달 동안 운동은커녕 침대에서 몸을 일으키기도 힘들었다. 9개월 차, 원주에 있는 자연암벽에서 길을 잘못 파악하는 바람에 바닥으로 추락했다. 하필 돌멩이 위로 떨어지는 바람에 날갯죽지에 벌건 흉터가 남았다. 2년 차, 제대로 된 루트파인딩 없이 무작정 매달리는 동작을 반복하다가 손목의 인대가 늘어났다. 또 한 달을 쉬었다. 나는 더 이상 다치고 싶지 않다. 제~발.

그러니 의심의 여지 없이 루트파인딩은 중요하다. 하지만 더 중요한 건 그 다음이라는 사실을 나는 이제 알고 있다. 꼼꼼히 밑그림을 그렸다면, 그 위를 칠해나갈 때는 두려움을 거두어야만 한다. 주저하는 마음을 내려놓고, 기꺼이 춤을 추며 색을 칠해 나가야 한다. 루트파인딩만으로 끝나서는 안 된다. 벽에 붙어보아야, 완등까지도 다다를 수 있는 거다. 혹시 완등 코앞에서 바닥으로 떨어지게 된다면, 다시 한번 제대로 루트파인딩을 한 후 홀드를 잡으면 된다. 그러면 된다.

그러니까, 망설이고만 있는 그것을, 이제는 해보자는 말이다. 우리는 좀 더 반짝이는 것들로 청춘의 밑그림을 채워나갈 필요가 있으니까.

괜찮아
한발 더
나아가 봐

- 끄라비 다음 달부터 쭉 우기라는데?
- 헐. 그럼, 이번 달에 가버릴까?
- ㄱㄱ.

언젠가 등반 메이트인 채울과 태국 끄라비로 클라이밍 원정을 가자고 이야기한 적이 있었다. 그게 당장 이번 달이 될지는 몰랐지만 말이다. 끄라비는 태국 남부에 있는 해양 도시로, 클라이머의 성지라고도 불리는 곳이다. 짙푸른 해변에 둘러싸인 깎아지른 듯한 기암절벽은 전 세계 암벽 등반가들을 매혹 시킨다. 코로나 시국이라 준비할 서류가 한두 가지가 아니었지만, 정신을 차려보니 어느새 아름다운 해변 앞,

다국적 클라이머들 사이에서 하네스(등반용 안전 벨트)를 착용하고 있었다.

"총 9일이니까, 이틀 등반, 하루 휴식을 반복하면 어때?"

"좋아. 그럼 쉬는 날엔 어딜 갈까?"

"호핑투어 재밌을 것 같아."

"좋지. 엄청 예쁜 호수도 있다던데 거기서 수영도 하자."

하지만 이 모든 건 부질 없는 계획이었다. 우리는 9일 내내 단 하루도 쉬지 않았다. 이 자그마한 해안 도시 안에는 신기하리만치 무수한 암벽들이 있었고, 우리는 그것들에 완전히 매료되었다. 그래서 결국 푸르고 푸른 빛의 바다를 뒤로 한 채 단 하루도 쉬지 않고 클라이밍만 하게 된 거다. 확실히 이건 여행보단 전지훈련이라고 부르는 게 맞겠다.

9일 내내 클라이밍을 한다는 건 미친 짓에 가까웠다. 막바지엔 손가락이 염증으로 퉁퉁 붓고, 팔과 다리는 바위에 찢긴 상처와 모기에 뜯긴 흔적으로 가득했다. 통증으로 인해 악! 소리와 함께 잠에서 깨어나는 날도 있었고, 등반 도중 더위를 먹어 흙바닥에 벌러덩 드러눕는 날도 있었다. 그렇지만 숙소로 돌아오고 나면, 내일은 어느 암벽에 도전할까? 하는 이야기를 나누며 언제 지쳤냐는 듯 금세 신이 나 떠들어

태국 끄라비 해변에서의 클라이밍.
9일간의 혹독하고 험난한 클라이밍을 통해
나는 더 이상 추락을 겁내지 않게 되었다.

됐다. 먼 훗날 '청춘'과 '도전'이라는 두 단어를 마주하게 된다면 나는 어김없이 오늘, 이곳에서의 시간을 떠올리겠구나 하고 생각했다.

등반 7일 차, 처음으로 프로젝트로 삼고 싶은 문제를 만났다. 참고로 클라이밍에서 '프로젝트'란 내 수준보다 높은 고난도의 암벽을 반복해서 오르며 완등에 도전하는 것을 말한다. 그동안 다양한 암벽을 등반해 왔지만, 대체로 내 수준에 맞는 난이도에서 도전을 했지, 제대로 프로젝트를 해본 적은 없었다. 그러다 몸이 너덜너덜한 막바지에 와서야 갑작스레 한번 덤벼보고 싶은 어려운 암벽을 만난 것이다. 이름은 라이언 킹. 사선으로 툭 튀어나온 모양새가 이름과 꼭 맞아떨어졌다.

첫날 몇 번이고 매달려 보았지만, 내겐 어려운 문제임이 확실했다. 기울어진 경사 탓에 끊임없이 팔 힘을 써야 했고, 중간에는 밟을 곳도 마땅치 않았다. 우선은 손과 발 위치 하나하나와 적당한 동작을 파악하는 데에 집중했다. 추락하지 않기 위해서는 손끝과 발끝의 모든 움직임을 통제하고 완전히 몰입해야만 한다. 이 모든 것이 내게는 내 몸을 온전히 알아차리는 벽 위의 명상인 듯했다. 해가 지고 숙소로 돌아온 후엔 다른 클라이머의 완등 영상을 찾아보며 어려운 구간을 해결할 방법 찾기에 골몰했다. 피로가 누적된 상태였지만 긴장감에 좀처럼 잠을 이룰 수도 없었다.

8일 차 아침, 프로젝트를 이어가기 위해 숙소를 나서며 다짐했다. 힘이 다 빠져 추락하는 한이 있더라도, 절대 텐션만큼은 외치지 말자고.

텐션은 등반에서 안전장치 같은 것이다. 보통 한 명이 등반을 하면, 다른 한 명은 밑에서 자일(줄)을 잡아 등반자가 바닥까지 추락하는 상황을 방지해 주는데, 그것을 '빌레이'라고 부른다. 등반자가 등반 도중 힘이 빠졌지만 추락을 원치 않을 땐 "텐션!"이라고 외친다. 그럼 빌레이어는 자일을 당기고 제동을 걸어, 등반자가 공중에 대롱대롱 매달릴 수 있게 해준다. 물론 이렇게 되면 완등은 실패한 셈이다.

등반을 가르쳐주시던 선생님께선 늘 이렇게 말씀하셨다.

"텐션 외칠 힘이 남으면 추락할 때까지 한 발이라도 더 가봐!"

하지만 추락을 예상하면서도 텐션을 외치지 않는 건 쉽지 않은 일이다. 특히나 나 같은 겁쟁이에겐 더더욱. 그래서 나는 손에 힘이 거의 다 빠져가면 항상 외치고 본다.

"텐! 텐!! 텐션!!!"

결론부터 말하자면, 프로젝트는 보기 좋게 실패했다. 가장 좋은 컨디션에서도 성공이 힘들었던 문제니, 8일 연속 등반으로 온몸이 성치 않던 우리에게는 어쩌면 당연한 결과인지도 모른다. 하지만 완등에 실패하고 장비를 정리하는데 이상하게도 자꾸만 올라가는 입꼬리를 주체할 수 없었다.

채울에게 말했다.

"난 진심으로 만족해. 채울아, 나 지금 좀 행복해."

그 이유는 바로 텐션에 있었다.

암벽의 중반부, 가장 어려운 구간을 지나는데 아니나다를까 홀드를 잡은 손이 자꾸만 미끄러졌다. 그걸 억지로 버티고 있자니 손가락이 덜덜 떨려왔다. 직감했다. 아, 추락 직전이다. 여기서 텐션을 외칠 것인가, 짧은 순간 고민이 스쳤지만 이내 아침에 했던 다짐을 떠올렸다. 입술을 꽉 힘주어 닫았다. 그리곤 손을 뻗었다. 무언가 잡혔지만, 스르르 힘이 풀리고 만다. 하지만 아주 잠깐은 버텨볼 수 있다. 거기서 한 발만 더!

그렇게 발을 떼는 순간, 추락했다. 몇 미터를 떨어져 내리며 발목을 벽에 부딪혔고 이내 싸르르한 통증이 올라왔다. 하지만 괜찮았다. 나는 내가 할 수 있는 최선을 다했고, 끝까지 포기하지 않았다. 텐션을 외치지 않고 한 발 더 가보았다는 사실, 그것만으로도 충분했다.

모든 일을 중단하고 깊은 우울을 겪은 시기를 나는 내 삶에 있어 추락이라고 여겼다. 한 번 추락을 경험하고 나니 일과 관련된 아이디어가 찾아와도 섣불리 도전할 수가 없었다. 명상을 배우며 명상 콘텐츠에 대해서도 구상하고, 내가 느낀 것을 나누기 위해 클래스를 계획해 보기도 했지만, 결국엔 '에이, 내가 할 수 있겠어?' 하고 생각하며 실행에 옮기지 못했다. 그렇게 내 삶에 있어서도 계속해서 텐션을 외치게 된 거다. 추락이 두려워서. 다시 한번 바닥으로 곤두박질치는 기분을 느끼게 될까 봐 겁이 나서.

그런 내게 오늘의 경험이 다정히 말해주는 것만 같았다.

"추락하면 뭐 어때. 한 발 더 나아가봐. 다시 추락해도 괜찮아."

어쩌면 이번 프로젝트는 성공했다고 말해야 하는지도 모르겠다. 삶에서 다시 텐션을 외치고 싶은 순간마다 나는 오늘을 떠올릴 테니까. 그럼 쉽게 포기를 말하려던 입술을 굳게 다물고, 혹시 모를 한 발을 내디뎌 볼 수 있을 테니까. 물론, 텐션없이 말이다.

우리 때로는 나침반을 내려놓고

아무 데로나 가다 보면 아무 데가 나오기 마련이지. 하지만 세계 곳곳의 수많은 아무 데는 내가 가장 사랑하는 곳이 되었는걸. 아무 데로나 가지 않았다면 만나지 못했을 찬란한 선물들이 오늘의 나를 만들어 주었는걸. 어쩌면 아무 데란 건 내 마음 깊은 곳에서 나도 모르게, 가장 순수하게 바라고 있는 곳인지도 몰라. 그러니까 있잖아, 우리 때로는 나침반을 내려놓고 아무 데로나 가자. 그저 발끝의 감각을 믿고, 아무 데로나 가보자.

Part. 4

후회하지 않는 오늘을 사는 법

이번 생은
어쩌면
기적 같은 선물일지도

☽

영상을 만들다 시계를 보니 어느덧 밤 열 한 시가 지났다. 하던 일을 모두 멈추고 침대에 비스듬히 눕는다. 휴대폰 속 웹툰 모양의 아이콘을 누른다. N사 웹툰이 업로드되는 밤 11시부터 약 30분가량, 이 시간을 나는 해피타임이라고 부른다. 제아무리 대단한 연인이라도 결코 방해할 수 없는 시간. 맞다, 나는 웹툰 중독자다.

누군가 내게 책을 추천해달라고 하면 30분가량 좋아하는 책 이야기를 쏟아낼 수 있다. 하지만 웹툰을 추천해달라고 한다면 30시간 내내 밤새워 웹툰 이야기를 할 수도 있다. 좀비가 나오는 아포칼립스물이나 밀실에서 게임을 하는 스릴러물을 가장 선호하지만, 잔잔한 일상툰이나 로맨스물도 즐겨 본다. 무료 버전만 본다면 중독자라 말할 자격이 없을 터. 매일같이 천 원 내외의 캐시를 결제한다. N사에서는 이를 '쿠키를 굽는다'라고 표현하는데, 그간 내가 구운 쿠키를 모두 모으면 제과점을 차려도 될 지경이다.

약 일 년 전부터 웹툰계에서는 회귀물이 인기다. 타임슬립물의 일종으로, 주인공이 시간을 거슬러 올라가 과거로 돌아가는 이야기 말이다. 대개의 회귀물에서 주인공은 죽음 혹은 그에 준하는 특정 사건을 계기로 과거로 돌아가게 되는데, 어떤 사건의 실체를 밝혀내거나 복수를 하거나 혹은 사고를 막기 위해 고군분투하곤 한다. 이때 빠지지 않는 주변인의 필수 대사가 하나 있다.

"쟤……, 요즘 뭔가 달라지지 않았어?"

보통 회귀물 속 주인공은 기존과는 180도 달라진 성격으로 주변 인물들을 놀라게 만든다. 그도 그럴 것이 인생 2회차를 살게 되는 건데 뭐가 두렵겠는가. 삶을 대하는 태도 자체가 완전히 달라지는 것이다. 자기주장 한번 펼치지 못하던 소심한 주인공이 할 말을 시원하게 다 해버리는 당당한 성격으로 살아가기도 하고, 사랑하는 이에게 제대로 된 표현 한 번 못 해본 주인공이 사랑에 관해 누구보다 솔직해지기도 한다. 그렇게 1회 차 삶에선 놓쳤던 것들을 하나씩 바로잡으며 소위 '인생 만렙'이라고 부르는 모양새로 인생을 멋지게 개척해 나간다.

처음에는 이런 뻔한 전개 방식이 유치하기 그지없었다. 하지만 현실에 만족하지 못할수록 대리만족의 쾌감이 커지는 걸까? 나는 언젠가부터 회귀물의 매력에 슬그머니 빠져들게 되었다. 주인공의 변화가 극적일수록 더 좋았다. 주인공이 완전히 달라진 모습으로 사이다 전개를 이끌어 갈 때면 지지부진한 나의 오늘은 어느새 사라지고 없었다.

최근에 즐겨보던 회귀물 한 편이 완결이 난 터라 오늘의 해피타임은 평소보다 빨리 끝났다. 일 년여를 함께한 웹툰이 끝나는 건 꽤 섭섭한 일이다. 웹툰 속 시간도, 나의 시간도 흘렀고, 그 사이 주인공은 복수를 성공적으로 마쳤다. 지난 생에서는 사랑을 이룰 수 없었던 이와 결혼을 하기도 하였다. 그녀가 2회 차 인생을 멋지게 개척해 나아가는 사이, 내 삶에도 그럴듯한 변화와 발전이 있었다. 하지만 여전히 나아가지 못한 채 후회로만 남아있는 일도 분명 있었다. 내 삶에 주어졌던 수많은 선택의 순간들을 떠올린다. 과거에 '~할 걸(껄)' '~해볼 걸(껄)' 하는 후회를 계속 반복하는 이들

을 '껄무새'라고 부른다던가. 그렇다면 내가 바로 오늘의 껄무새다. 껄껄.

그렇게 껄껄대며 생각한다.

'나도 오늘의 기억을 안고 그때로 회귀할 수 있다면 더 나은 선택을 할 수 있겠지? 그럼 더 반짝이는 오늘을 그려갈 수 있겠지?'

그러다 문득 걱정이 된다.

'회귀를 했는데 기억을 잃게 되면 어쩌지? 그럼 다를 바 없는 거 아닌가? 아마 똑같은 실수를 반복하며 같은 삶을 이어가게 되려나?'

한번 시작한 상상은 멈출 줄 몰랐다. 그래, 오늘의 내가 먼 미래에서 회귀했지만, 기억을 잃은 상태인 건지 알게 뭐람.

그렇다면 다시 궁금해진다. 미래의 나는, 오늘의 내가 2회차 인생을 어떻게 일구어 가며 살아가길 바라고 있을까. 상처받을 것을 두려워 말고 시작해보라고 할까? 남의 시선 따위는 의식하지 말고 삶을 더 즐기라고 할까? 분명한 건 이렇게 침대에 누워 껄껄거리며 허송세월하기를 바라지는 않을 것이다.

안다. 상상일 뿐이다. 우리의 생에서 회귀는 불가능하다.

2회차 삶은 주어지지 않는다. 하지만 2회차 삶을 살아가는 마음으로 이번 생을 가꾸어 갈 수는 있다. 세상에 휘둘리지 않는 당당하고 초연한 태도로, 내게 중요한 것과 중요하지 않은 것을 구분하며, 흘러간 과거까진 어쩌지 못하더라도 적어도 후회하지 않을 오늘과 내일을 만들어 갈 수는 있다. 그렇게 나아갈 수 있다.

시계를 본다. 미래의 내가 시그널이라도 보낸 걸까. 문득 오늘이 아깝다. 이번 생이 마치 기적같은 선물이라도 되는 양, 흐르는 시간이 아깝고 소중하다. 꼭 오늘 하지 못한 도전에, 건네지 못한 진심에 애타는 미래라도 겪어본 것처럼 말이다. '이런 사사로움으로 흘려보내기엔 오늘은……' 까지 생각하다가 일단 몸부터 벌떡 일으킨다.

뭐, 혹시 아는가, 먼 미래에 과거로 돌아가기를 아주 간절하게 바라는 사람들은 진짜 회귀를 할 수 있게 될지도. 하지만 그 부작용으로 인해 미래의 기억은 사라지게 될지도.

당신의 오늘은 미래의 당신이 그토록 간절히 되돌리기를 바라던 하루였는지도 모른다.

달달한 가사를 쓰겠어요

밤에 어울리는 누군가의 플레이리스트를 무작위로 재생해두었습니다. 동작대교를 지날 때쯤 조금 울적한 멜로디가 흘러나왔지요. 한껏 어두운 감성에 빠져볼 요량으로 볼륨을 키웠습니다. 그러다 조금 놀랐습니다. 잘 들어보니, 노랫말은 멜로디와 달리 꽤 달달한 게 아니겠어요?

어쩌면 사는 건 가사 없는 노래에 노랫말을 붙여주는 일인지도 모르겠습니다. 흘러나오는 뻔한 멜로디까지는 어쩔 도리가 없지만, 그 위에 어여쁜 가사를 붙여줄 수는 있지요. 우리가 붙인 가사로 인해, 똑같은 멜로디더라도 각기 다른 분위기의 노래가 완성될 테고요.

그럼 저는 설탕 가득 머금은 가사를 써보겠습니다. 누군가는 유치하고 허황되다고 할지라도 꿋꿋이 낭만이 흘러넘치는 노래를 불러보려 합니다. 흔하디흔한 멜로디로도 달콤한 하루를 짓고, 버텨내는 대신에 흥얼거리는 쪽을 택하렵니다.

음…… 당신은요?

먹기
명상을
해볼까요?

요즘 밥은 잘 먹고 다니십니까?

잘 먹는 게 무어냐고요? 글쎄요, 그건 저도 잘 모르겠습니다만, 분명한 건 맛의 탐닉에 빠져 배가 부른 것도 잊은 채 먹고 또 먹기를 반복하고 있다거나, 정신없이 바쁜 일상 속 음식이 코로 들어가는지 입으로 들어가는지도 모르고 살고 있다거나, 축축한 감정의 늪에 빠져 입맛이 뚝 떨어진 상태라거나, 지나치게 자극적인 맛만 쫓아다니고 있는 건 아니겠지요? 네, 그 정도는 당신도 알고 계신다고요?

그렇다면 오늘은 이렇게 한 번 해보는 겁니다. 이건 명상입니다만, 당신을 불편한 가부좌 자세로 앉혀놓고 지루한 시간을 보내게 하지는 않을 테니 걱정 안 하셔도 됩니다. 명상의 세계가 궁금하지만 어렵게만 느끼던 분들께도 그럴듯한 시작점이 되어줄 것이라 생각합니다. 그러니 마음 편하게 먹고 따라해보세요.

자, 일단 준비가 필요합니다. 먼저, 냉장고를 열어 적당한 음식을 찾아보세요. 너무 자극적이지도 요란하지도 않은 음식이요. 액체보다는 고체 상태의 음식이 좋겠습니다. 건조한 상태면 더 좋고요. 기왕이면 말랑한 건포도가 제일이겠지만, 굳이 건포도를 사러 마트에 가는 것도 귀찮은 일이니, 뭐, 집에 있는 적당한 무엇이든 좋습니다. 준비가 됐다면 그 음식을 가지고 식탁 앞에 앉습니다. 바닥도 좋고요, 깔끔한 성격이 아니라면 침대도 괜찮습니다. 어디든 좋아요.

편하게 앉아 호흡을 해봅니다. 숨을 들이마시고 또 내쉽니다. 천천히 천천히 깊게 숨을 들이마시고 내쉽니다. 배가 불룩해졌다가 홀쭉해지는 것을 가만히 느껴봅니다. 숨이 들어오고 나가는 순간 코끝이 간질거리는 것을 가만히 지켜봅니다. 계속해서 호흡합니다. 호흡을 잘하려 애쓰지 않습니다. 어깨에 힘을 빼고, 들이마시고 내쉬는 호흡마다 몸이 점점 더 편안해지는 것을 느껴볼 뿐입니다.

이제 가져온 음식을 먹어보겠습니다. 아니요. 아직 입에 가져가지는 않습니다. 우선 손으로 음식을 만져봅니다. 쉽게 바스러지는 생선이나 국물이 뚝뚝 흐르는 김치 같은 것을 가져왔다면, 바꿔오는 게 좋을 것 같군요. 찬찬히 음식을 손으로 느껴봅니다. 단단한지, 말캉거리는지, 표면이 거칠거칠한지 혹은 매끄러운지, 음식의 촉감을 충분히 느껴봅니다.

그리고는 음식을 코끝 가까이 가져갑니다. 냄새를 맡아보는 겁니다. 내가 먹을 이 음식에서 구수한 내음이 풍기는지, 달콤한 향기가 나는지, 혹은 처음 맡아보는 특이한 냄새가 나는지, 가만히 느껴봅니다. 아무런 향이 나지 않는다고 느껴진다면, 좀 더 깊이 호흡하며 미세하게 풍겨 나오는, 분명히 존재하는 그것을 집중해서 느끼려고 합니다.

손과 코로 음식을 충분히 느껴보았다면, 이젠 그것을 입으로 가져갈 차례입니다. 하지만 곧바로 씹지는 않습니다. 우선 혀 위에 두고 굴리며 입안에 들어온 그것을 느껴봅니다. 혀끝에 느껴지는 촉감이 어떠합니까? 혀끝에 느껴지는 맛은 어떠합니까? 입안에서 느껴지는 그것의 무게감은 또 어떠합니까?

이제, 그것을 씹어봅니다. 천천히, 아주 천천히 씹어봅니다. 부드러운지 질긴지, 처음 씹을 때는 어떤 맛이 나며, 씹으면 씹을수록 그 맛이 어떻게 변해가는지, 씹을 때마다 콧속으로 올라오는 내음은 어떠한지, 입안에서 이것이 어떤 촉감으로 바스러지는지, 음식이 가진 모든 것을 느껴봅니다.

자, 이제 삼켜도 좋습니다. 꿀꺽.

이것이 목구멍을 타고 넘어가 나의 장기로 향하는 감각을 느껴봅니다. 내 몸에 더해지는 이것의 미세한 무게감도 느껴봅니다. 계속해서 호흡합니다. 천천히 숨을 들이마시고 또 내쉽니다.

이 모든 과정을 반복합니다. 답답함이 찾아오더라도, 군침과 함께 빨리 이 음식을 모조리 먹어버리고 싶은 마음이 차오르더라도, 오늘만큼은 꾹 참아보는 겁니다. 최소한 세 번 이상은 반복합니다.

잘하셨습니다. 이렇게 하는 게 맞나, 의심이 차오를 수도 있겠지만요, 먹기 명상을 진행하는 동안 오롯이 음식과 당신만이 존재하는 세상에 있었다면, 예, 아주 잘하셨습니다. 당신은 이 음식을 제대로, 아주 잘 먹은 것입니다.

물론 이전에도 이 음식, 혹은 비슷한 음식을 먹어본 적이 있겠지요? 하지만 다른 데에 정신을 두지 않고, 오늘처럼 이 음식만을 온전히 느껴본 적은 없었을 겁니다. 이 음식이 이런 촉감을 가지고 있는지, 이런 냄새가 나는지, 이런 맛을, 이런 무게감을, 이런 질감을 가지고 있는지를 이처럼 집중해서 느껴본 적은 없었을 겁니다.

명상은 그리 대단한 것이 아닙니다. 음식을 먹을 때면 그것을 온전히 먹고, 길을 걸을 때는 온전히 걷고, 사람과 함께할 땐 온전히 그 사람과 마주하는 겁니다. 그렇게 모든 '현재'에 온전히 머무는 겁니다. 물론, 이건 결코 쉬운 일이 아닙니다. 우리는 겉보기엔 오늘을 사는 것 같아 보이지만, 사실은 과거나 미래에 머무는 경우가 훨씬 더 많으니까요. 하지만 방금 해보았듯, 불가능한 일도 아니란 걸 이제 당신은 알고 있을 것입니다.

모든 감각을 열어 나와 내가 하는 행위, 그리고 그로 인해 일어나는 변화에 집중합니다. 순간에 덧대어지는 모든 생각을 내려놓고, 모든 감각을 열어 매 순간을 알아차립니다. 그렇게 내 삶의 전지적 시점을 유지한 채, 모든 시선의 주인이 되는 겁니다. 그렇게 할 수 있다면 우리는 진짜 '나'로 살아간다고 말할 수 있을 겁니다. 과거나 미래의 내가 아닌, 지금 이 순간의 '나'로 말입니다.

먹고
기도하고
사랑하라

시장에 펼쳐진 싸구려 옷을 아무렇게나 걸치고, 위생 관념 따위는 잊어야 마실 수 있는 길거리 음료수를 호로록 입에 털어 넣고 싶다. 낯선 눈동자들 틈에서 불확실한 발자국을 기쁘게 찍어내고 싶다. 이런 마음이 피어오르는 걸 보니 떠날 때가 된 모양이다. 지도를 펼치고 마음이 가는 곳이 있는지 찬찬히 살펴본다. 요란한 볼거리나 신나는 즐길 거리에는 별 관심이 없다. 한국을 떠나도 나를 향한 여행은 계속되기를 바란다. 그러자 떠오르는 곳이 하나 있다. 인도.

그래, 인도에 가자.

뉴델리에서 야간 버스를 타고 13시간, 거기서 다시 택시를 타고 울퉁불퉁한 비포장도로를 한참이나 올라가니, 히말라야 자락의 고산 마을 맥그로드 간즈(Mcleodganj)가 모습을 드러낸다. 한껏 눌리고 엉킨 머리칼을 넘기며 택시에서 내린다. 무거운 배낭을 다시 둘러메고 주위를 둘러보니, 내가 알던 인도와는 사뭇 다른 풍경이 펼쳐진다. 티베트 불교를 상징하는 타르초가 곳곳에 흩날리고, 거리에는 승려들이 느릿한 걸음으로 걸어가고 있다. 요란한 릭샤의 경적 소리 대신 코시차임의 맑은 종소리가 들려온다. 떠나온 것이 아니라 돌아온 것 같은 기분이 드는 건 왜일까.

10분 정도 골목을 따라 걸어 올라 티베트 승려가 운영한다는 롤링 게스트하우스에 도착했다. 예약은 안 했지만 다행히 남는 방이 있다고 한다. 몬순 시기라서 그런지 습기 때문에 침구가 눅눅하고 곰팡이 내음이 은은하게 풍긴다. 하지만 하룻밤 7,000원짜리 트윈룸이다. 이만하면 더할 나위 없다.

배낭을 바닥에 털썩 내려두곤 곧장 삐걱이는 문을 열고 게스트하우스를 나선다. 해가 지기 전 명상 센터에 등록을 하러 갈 참이다. 명상은 내가 맥그로드 간즈를 찾아온 가장 큰 이유다. 달라이 라마가 망명 정부를 세운 곳답게, 이곳은 여행자들 사이에서 명상 스테이를 하기 좋은 곳으로 제법 알려져 있다.

한적한 산길을 따라 20여 분을 올랐다. 해발 1,800미터에 달하는 고도 때문인지 금세 숨이 차오른다. 가는 내내 사람은 없고, 원숭이만 벌써 아홉 마리째다. 슬슬 길이 맞는지 걱정되기 시작할 무렵, 저 멀리 을씨년스러운 간판이 눈에 들어온다. 투시타 명상센터(Tushita meditation centre). 끼익 소리를 내는 철문을 열고 들어가, 한참 동안 다시 산길을 오른다. 어쩐지 비밀의 숲에 들어온 것만 같아 침을 꿀꺽 삼킨다. 얼마나 올라왔을까, 커다란 명상홀과 안내 센터가 드디어 모습을 드러낸다. 곧장 안내 센터로 가 유료 단기 코스에 등록하고, 매일 아침 진행되는 무료 명상 가이드 일정도 확인해본다.

이렇게 먹고, 기도하고, 사랑하는 아주 평화로운 일상이 시작되었다.

새벽 여섯 시 반, 굳이 알람을 설정해두지 않아도 눈이 번쩍 떠진다. 침대에서 몸을 일으킨 후엔 전날 사둔 당근 케이크나 브라우니로 간단하게 아침을 먹은 뒤 스트레칭을 한다. 몸이 어느 정도 풀리면 세수와 양치를 하고, 가벼운 마음으로 명상 센터로 향한다. 손은 든 것 없이 가볍다. 휴대폰을 비롯해 나를 사사롭게 만드는 모든 것은 숙소에 고이 놓아두

인도에서 나는 먹고, 기도하고, 사랑하는, 아주 단순하지만 너무나 평화로운 일상을 보낼 수 있었다.

웅크린 채 보낸 날들은 나를 더 깊고 단단하게 만들어 주었다.
나는 그 시간들을 통해 외부가 아닌 마음속에서
행복을 찾아야 한다는 것을 배울 수 있었다.

었기 때문이다.

20분 거리를 30분도 넘게 느긋하게 걸어 오른다. 그래도 한 시간은 일찍 출발한 덕에 가장 먼저 이곳의 빗장을 연다. 메인 명상홀의 문이 열리기 전까진 근처 볕이 잘 드는 곳에 앉아 호흡을 가다듬는다. 그러고 있노라면 일상 속에서 놓치고 있던 것들이 선명하게 보인다. 이를테면 얼굴이 타는 것쯤은 걱정하지 않고 이렇게 볕이 잘 드는 곳에서 계절을 만끽하는 일 같은 것 말이다. 잠시 볕을 사랑하는 일을 소홀히 했던 과거의 시간을 떠올려 본다. 그렇게 웅크린 채 보낸 나날을 후회하지는 않는다. 그 시간은 결국 더 깊고 단단한 나를 만들어 갈 기회를 가져다주었으니까. 다만 이젠 더 이상 그늘로 숨어드느라 일상의 볕을 놓치지는 말자고, 한국으로 고이 안고 갈 오늘의 다짐을 되새겨 볼 뿐이다.

이렇게 혼자만의 사유로 아침을 채워보고 있노라면 어느새 각국에서 평화를 찾아온 이들이 이 안개 낀 산속 명상원으로 하나둘 모여들기 시작하고, 안에서는 걸쇠 풀리는 소리가 철컥, 하고 들려온다.

명상홀로 들어간 나는 앞에서 두 번째 줄 구석 자리에 앉는다. 나는 이 자리가 주는 묘한 안정감이 좋다. 아홉 시가 되면 체크 남방을 입은 금발 머리 사내가 인사를 하며 들어온다. 요즘 유행한다는 전형적인 너드남의 모양새다. 내가 상상했던 명상 지도자와는 사뭇 다른 모습이지만, 그가 가끔 지어 보이는 여유로운 미소를 보노라면 그가 훌륭한 명상가라는 데에 의심의 여지가 없어진다.

종소리가 울리면 눈을 감고 자세를 고쳐 앉아 모두 함께 명상을 시작한다. 사내는 반복해 말한다.

"Not too tight, not too loose."

한 번은 덧붙였다.

"손에 펜을 쥐고 있다고 생각해 보세요. 너무 꽉 쥐게 되면 긴장이 더해져 스트레스를 받을 테고, 너무 느슨하게 쥐면 펜이 떨어져 버릴 겁니다. 그 중간을 찾으세요. 너무 조이지도, 너무 느슨하지도 않은 지점 말이에요."

한 시간의 명상을 마치고 나면 티칭 시간을 갖는다. 사내는 주로 명상적인 삶을 사는 방법에 관해 이야기한다. 오늘은 초콜릿케이크 이야기다. 나는 아침으로 먹었던 브라우니를 떠올리며 군침을 삼킨다. 그는 말한다. 우리 모두는 초콜릿케이크를 영원히 쥐고 있고 싶지만, 결코 그럴 수 없다고, 우리에게 주어진 초콜릿케이크는 일시적이며 예외는 없다고. 설령 노력 끝에 수많은 초콜릿케이크를 만들어낼 수 있

우린 오늘을 사는 것 같아 보이지만,

사실은 과거나 미래에 머무는 경우가 더 많답니다.

게 된다고 해도 처음과 같은 행복을 느끼기는 어려울 것이라고. 오래 앉아 있으면 빼근해서 서 있고 싶고, 오래 서 있으면 불편해서 걷고 싶고, 오래 걷다 보면 힘들어서 앉고 싶어지는 게 사람이니까. 그러니 결국 우리는 외부가 아닌 마음 속에서 행복을 찾아야 한다고.

그는 마지막으로 힘주어 덧붙인다.

"초콜릿케이크가 눈앞에 있든 아니든 우리는 행복할 수 있습니다. 우리는 그 사실을 알아야 해요."

티칭이 끝난 후엔 옹기종기 모여 채식으로 준비된 식사를 한다. 인도의 산동네에서, 하물며 이 후미진 산속 명상원에서 제공해주는 채식이라……, 정말이지 조금도 기대되지 않는다. 제발 최악만은 아니기를 바라며 조심스레 수프를 한 입 넘겨본다. 그런데 세상에! 너무 맛있다! 놀란 마음에 야채 볶음으로 보이는 반찬도 가득 집어 입에 넣어본다. 와우! 놀랍게도 미식 천국이 이곳에 있었다! 나는 이스라엘에서 온 장발의 남자와 프랑스에서 왔다는 인상 좋은 여자와 함께 식사 내내 찬사를 멈출 줄 몰랐다.

밥을 먹고 오후 명상 시간이 되기 전까지는 명상 센터 구석구석을 돌아다닌다. 도서관 건물을 가볍게 한 바퀴 돌아보고는, 명상홀 뒤로 이어진 산길을 따라 올라가 본다. 계단 끝까지 올라오니 자그마한 일 층짜리 건물이 나온다. 사람은 아무도 없지만, 빨래가 널려있는 걸로 보아 숙소로 쓰이는 공간인 듯하다. 한 바퀴 둘러보고 돌아내려 오는데 갑자기 후두둑 비가 떨어진다. 그러다가 이내 내린다고는 표현할 수 없을 만큼 와당탕 퍼붓기 시작한다. 몬순 기후인 9월의 맥그로드 간즈에서는 익숙한 일이다. 다만 문제는 우산을 아래 명상홀에 두고 왔고, 핸드폰도 없다는 것. 졸지에 발이 묶여 버렸다.

뭐, 아직 명상 시간까지는 여유가 있을 것이다. 정확한 시간은 모르겠지만, 아래에서 울려 퍼질 종소리만 잘 듣는다면 늦지 않게 갈 수 있을 것이다. 그렇게 마음 편히 서서 비 구경이나 해본다. 거참, 시원하게도 쏟아진다.

그때, 익숙한 얼굴이 올라온다. 너드남 사내(선생님이라고 불러야겠지만)다. 아마도 이곳에서 숙박을 하는 모양이다. 나처럼 우산이 없는지 비를 온몸으로 맞은 그는 축 달라붙은 머리를 한 채 웃으며 인사를 건네온다. 나도 씨익, 웃으며 그의 인사에 답한다. 쏟아붓는 폭우 속 미소 띤 채 걸어가는 그를 보며 나는 생각한다.

'그래, 비가 오면 우산을 쓰면 되고, 우산이 없으면 지금의 나처럼 비가 그치길 마음 편히 기다리면 돼. 그러다 돌아갈 시간이 된다면 저 너드남 사내처럼 웃는 얼굴로 비를 맞으며 걸어 가면 그만이겠지.'

다행히 머지않아 비가 잦아들기 시작한다. 곧이어 아래쪽에서 종소리가 울려 퍼진다. 나는 젖은 옷을 툭툭 털며 명상홀로 향한다. 너무 빠르지도, 너무 느슨하지도 않은 걸음으로. 초콜릿케이크가 내 손에 있든지 없든지, 기꺼이 웃어 보일 수 있다는 마음으로.

평양냉면, 어때?

아, 일단 한 번 먹어보라니까? 그래, 처음엔 별로라고 느낄 수도 있어. 밋밋하거든. 나도 처음엔 그랬다니까? 처음 국물을 떠먹어 보곤, 이건 웬 걸레 빤 물인가 생각했어. 그런데 몇 달쯤 흘렀을까, 어느 날 자려고 가만히 누워있는데, 갑자기 그 맛이 그리워지는 거야. 어떤 맛이었는지 잘 기억도 안 나면서 이상하게 천장에 둥둥 떠다니는 거 있지? 그래서 다음날 다시 찾아가 먹어보니, 세상에, 밍숭맹숭하게만 느껴졌던 국물 안에 얼마나 깊고 다양한 맛이 숨어있던지, 새로운 세상이 펼쳐진 거지. 그때부터였어. 내가 평양냉면을 좋아하게 된 건. 있잖아. 내게는 파스타 같은 화려함이 없어. 쫄면 같은 매콤함도 없어. 그래서 그런가, 나는 이상하게 삼삼한 평양냉면의 맛을 아는 사람들이 자꾸만 좋아져. 왠지 나를 알아봐 줄 수 있을 것만 같아서 그런가. 하하. 강요하는 건 아니고. 그래도 딱 한 입만 더 먹어보지 않을래?

Don't
make
you angry……

☽

벌써 세 번째 화장실행이다. 물갈이인지 뭔지 하여간 배탈이 제대로 난 모양이다. 어제 먹은 것들을 떠올려 본다. 길거리에서 사서 먹었던 짜이가 문제였을까? 저녁으로 먹은 양고기 모모 때문인 건가? 뭐가 됐든 속부터 비워야 할 것 같아 아침은 거르고 생수만 몇 모금 마셨다. 그러자니 세상 중력은 다 받은 듯 몸이 추욱 늘어진다. 하지만 이 정도 이유로 명상을 거를 순 없다. 하루도 빠짐없이 명상 센터에 가기로 나와 굳게 약속했던 터다. 사실 잠깐 갈등하긴 했지만, 결국 무거운 몸을 이끌고 숙소를 나섰다.

명상을 잘 할 수 있을까 했던 걱정이 무색하게도 오늘의 명상 집중도는 최상이었다. 산뜻하기 그지없었다. 속이 비어

너무 빠르지도 않게, 너무 느슨하지도 않게.

기꺼이 웃어 보일 수 있다는 마음으로.

소음은 관용과 친절로 바꿀 것. 화는 열정과 동기부여로 전환시킬 것.

관점만 바꾸면 모든 것이 나를 더 나아가게 한다.

서 집중이 더 잘 되는 걸까, 앞으로도 계속 공복 명상을 해야 하나……. 이런저런 생각을 하다가 다시 나의 호흡에 집중했다. 온몸의 긴장을 풀고 호흡이 들어오고 나가는 것만을 바라본다. 그런데 바로 그때, 우르르 쾅쾅!

창밖은 맑았다. 천둥 번개의 출처는 바로 내 뱃속. 순식간에 모든 평화도, 집중도 깨져버리고 말았다. 미간이 절로 찌푸려졌다. 조금 더 버텨보려고 했지만 그럴 수 있는 놈이 아닌 것 같아 금방 포기하고 자리에서 일어났다. 다른 사람들의 집중을 방해할까 봐 까치발을 들고 살금살금 밖으로 나왔다. 길을 따라 쭉 걸어가면 자그마한 화장실 건물이 나온다. 그곳에서 한숨과 함께 모든 걸 한껏 쏟아낸 후 다시 명상홀로 돌아왔다. 조심스레 문을 열어보니 다들 명상이 한창이었다. 슬그머니 들어가려는데 젠장, 또다시 신호가 온다. 짜증이 확 치밀어 올랐다. 어쩔 수 없이 다시 문을 닫고 화장실로 향했다.

하루를 완전히 망친 기분이었다. 아침 일찍 일어나 무거운 몸을 이끌고 산길을 올라온 나의 부지런한 노력이 물거품이 된 것만 같았다. 차라리 이럴 거면 잠이나 더 잘 걸 그랬다. 오늘의 명상은 글렀구나 싶어 땅이 꺼질 듯 한숨을 내뱉었다. 그러다 문득 '그런데 애초에 뭘 위한 명상이지?' 하는 생각이 들었다. 아차! 싶었다. 처음부터 이런 상황을 유연하게 받아들이고, 감정의 소용돌이에 끌려가지 않기 위해 시작한 명상이었다. 그런데 겨우 배탈 때문에 아침 명상 하나 어그러졌다고 이렇게 짜증을 낸다고? 평정을 찾기 위한 명상을 위해 도리어 평정을 깨뜨리고 있는 꼴이었다. 이보다 어리석을 수 있을까.

화장실에서 2차전을 보낸 후 밖으로 나왔다. 명상홀로 들어가는 대신 옆으로 이어진 산책로를 걸으며, 어제의 티칭 내용을 곱씹어 본다.

"누군가 당신의 삶에 소음을 유발한다면, 그것을 당신의 관용을 성장시킬 기회로 삼으세요. 관용과 친절을 사랑하세요."

"화 자체를 우리의 삶에서 강제로 내쫓아야 한다는 말은 아니에요. 화는 때때로 우리로 하여금 무언갈 창조해 내게 하거든요. 이를테면 열정이나 동기부여 같은 거요."

"화에게 꺼지라며 화를 낼 필요는 없어요. 관건은 우리가 화를 어떻게 다루는가 하는 겁니다. 관점만 바꾸면 됩니다. 화를 유용하게 다루도록 하세요."

화와 관용과 친절, 화와 관용과 친절……. 나는 소리 내어 되뇌어 보았다. 이내 명상홀의 문이 열리고 사람들이 하나둘 밖으로 나왔다. 그 틈을 타 제자리로 돌아가 앉았다. 어수선한 와중에 혼자만의 짧은 명상을 해본다. 소음 속에서도 나는 제법 괜찮은 집중을 이어갈 수 있었다. 어쩌면 오늘의 내게는 고요 속에서의 그것보다 이편이 더 유익한지도 모르겠다. 나의 모든 생을 소란하지 않은 날로만 채울 수는 없으니까 말이다.

그러다 눈을 떠보니 지금까지는 본 적 없던 천장 쪽 문구 하나가 눈에 들어왔다.

'Don't make you angry……'

뒤 문장은 기둥에 가려져 보이지 않는다. 하지만 당신이 무슨 말을 하고 싶은지는 알겠다. 맞다. 분명, 소음은 나를 더 나아가게 한다.

묻고, 묻히고, 지우고, 다시 묻고,
그러다 내가 되는 일

내게는 나를 스쳐 간 모든 당신들이 묻어있다. 이석원 작가가 꼭 자신 같다던 당신 덕분에 나는 얼마 전 가장 좋아하는 작가를 묻는 누군가의 질문에 이석원 작가에 대하여 구구절절 늘어놓았다. 고도보다는 태도가 중요하다고 하던 당신 덕분에 고도만을 논하는 이를 만나면 조용히 자리를 피한다. 캥거루 모양 브랜드를 좋아하던 당신 덕분에 검은색 캉골 벙거지를 쓰고 지구 한 바퀴를 돌았다. 늘 말보다 행동을 중시하던 당신 덕분에(비록 그때는 말이 더 중요할 때도 있다며 당신에게 맞섰지만) 가벼운 확신을 앞세우는 이에게는 좀처럼 마음을 줄 수 없게 되었다. 그 위로 새로운 것이 묻고, 누군가는 그것을 묻혀가고, 또 다른 이에게 묻고, 묻히고, 묻어난 그것을 누군가는 원래 자신의 것이었던 양 착각하고, 묻었는지도 모르게 또 묻고, 더해진 것에 내 것을 더해 또 묻히고, 그러다 지워내고 싶은 얼룩은 지우고, 또 지우고, 일부는 마음에 들어 남기고, 일부는 지운 줄 알았는데 나도 모르는 새 남아있고, 그렇게 또 묻고, 그러다 이제는 기어이 진짜 내가 되어버린 것들.

멈춰
과몰입!

삶의 고통을 유쾌하게 넘기는 방법은 간단하다. 내 삶을 덜 심각하게 바라보고, 내 삶에 덜 몰입하면 된다. 하지만 말이 쉽지, 막상 불행한 사건이 닥치면 어떻게 그럴 수 있냐고? 맞다. 사실 내게도 쉬운 일은 아니다. 연말 연초만 해도 그랬다. 차 사고가 났을 땐 심장이 벌렁거리고, 가슴을 후비는 악플을 발견한 뒤엔 쉽사리 잠들지 못했다. 인간관계에 대한 회의감이 들어 밥맛이 뚝 떨어졌고, 부상 때문에 좋아하는 운동을 한동안 못하게 되자 어쩐지 무기력해지는 기분이 들었다. 하지만 이 모든 감정이 그리 오래가지는 않았다. 지금의 내게는 모든 것을 중화시켜주는 마법의 주문이 하나 있기 때문이다. 그 덕에 나는 소소한 사건 사고가 가득한 나

과몰입하지 않기. 내 인생의 드라마는 내가 만들어 가는 것이니까.

의 요즘 생활을 제법 재미있게 여기게 되었다.

주문은 바로 이거다.

"멈춰, 과몰입!"

내가 나의 감정에 휩쓸리고 있다는 걸 자각할 때면 나는 소리 내어 이 주문을 외친다. 꼭 소리 내어 외쳐야만 효력을 발휘할 수 있기 때문에, 아무도 없는 집이나 혹은 차 안에서 주로 애용한다. 분노가 일어났을 때든 마음이 아플 때든 긴장이 될 때든 이 주문을 외우고 나면 신기하리만치 정신이 바싹 차려진다. 아, 나 지금 너무 과몰입 상태구나, 하면서 말이다.

드라마를 즐겨 보지는 않지만, 한 번 보면 푹 빠지는 편이다. 주인공의 감정에 과몰입한 상태로 말이다. 드라마가 끝난 후에도 서사와 감정의 소용돌이에서 빠져나오는 일이 내게는 썩 쉽지 않아서, 일상에 영향을 미칠 때도 더러 있다.

예를 들면, 이전에 독립운동가의 사랑 이야기를 다룬 〈시카고 타자기〉라는 드라마를 보고는 한동안 내가 주인공이라도 된 것처럼 겪어보지도 못한 조선과 떠나보낸 친구를 떠올리며 먹먹한 일상을 보내기도 했다. 물론 시간이 조금 지나고 과몰입한 내 모습을 자각한 후에는 절레절레 고개를 저으며, 어휴, 이놈의 과몰입 좀 그만해야지 하며 일상으로 돌아오곤 했지만 말이다.

그런데 도리어 나의 삶을 텔레비전 속 드라마로 여기기 시작하니 자연히 수많은 문제가 해결되는 것이었다. 특정 사건에서 파생되는 우울도, 인생 노잼 시기라 부르던 시절도, 조마조마하며 걱정했던 문제들도 다 그저 재미있는 에피소드로 느껴지게 된 것이다. 물론 드라마 '과몰입러'답게 드라마를 보는 동안에는 상황에 빠져 손에 땀을 쥐거나 때로는 눈물을 보이기도 하지만 드라마가 끝나고 몰입을 멈춘 후에는 '오, 재미있네.' '이 드라마 참 잘 만들었네.' '시원하게 잘 울었군.' 하며 재미난 삶의 일부로 받아들인다. 순간에 갇히지 않고, 감정 과잉으로 일을 그르치지 않고서 말이다.

명상을 시작한 지 어느덧 2년이 되었다. 대단한 명상가들처럼 순간적으로 치미는 모든 감정을 알아차리고 컨트롤하는 것이 내겐 여전히 어려운 일이다. 그렇지만 적어도 나의 감정이 휘몰아치는 것을 느낄 때면, 모양새가 좀 우스꽝스러울지는 몰라도, 나만의 주문 "멈춰, 과몰입!"을 외치며 빠져나온다. 그러면 세상의 모든 감정은 영원하지 않고, 그것을 계속해서 만들어내는 건 결국 나라는 걸 알게 된다. 그제야 오늘의 내가 고통스럽다는 환상에서 벗어나게 되고, 삶에 조금은 초연한 마음으로 모든 것을 훌훌 털어낼 힘이 생긴다. '내 인생 왜 이럴까?' 하는 한탄 대신에, '그런대로 재미있는 드라마 한 편을 만들며 살아가고 있구나.' 싶어진다. 그렇게 나를 짓누르는 무거운 감정을 내려놓고, 저 밑 어두운 곳에 내려놓았던 나를 가벼이 들어 안는다. 모든 것이 제자리로 돌아오고 나면 내게는 지나간 것들에 대한 미련이 아닌, 여운만이 남는다. 그럼 나는 한껏 즐거운 표정으로 이렇게 말한다.

"거 참, 에피소드 한 번 빵빵 터지네. 이 드라마 참 재밌구만!"

기왕이면 성장 드라마가 좋겠다. 자극 없는 잔잔한 드라마를 좋아하긴 하지만, 그렇지 않으면 좀 어때? 뭐, 찐한 멜로씬도 환영이다.

낭만 앞에선

걷는 사람은 계속해서 걸어가야지요.

낭만에 가까운 무언가를 발견하면 기꺼이 발걸음을 멈추겠지만.

향기를
좋아하세요?

자몽 오일 여섯 방울, 스위트 오렌지 일곱 방울, 로즈오또 다섯 방울을 떨어뜨린다. 살랑이는 봄의 향기가 풍겨온다. 여기에 중간 역할을 해 줄 시더우드 아틀라스 열 방울, 팔마로사 세 방울, 제라늄 두 방울을 더한다. 걸음걸음이 눈에 선하다. 이제 베이스가 될 샌달우드 세 방울, 재스민 네 방울, 일랑일랑 두 방울, 흙내음이 부족한 것 같아 마지막으로 패출리 한 방울까지 추가해 본다. 비로소 5월의 눈송이가 흩날리던 스물아홉 살의 순례길 한 장면이 완성되었다. 알코올과 함께 뒤섞인 향기가 공기 중에 휘발되면서, 점점 휘발되어 가던 길 위의 마음은 오늘에 짙게 머문다.

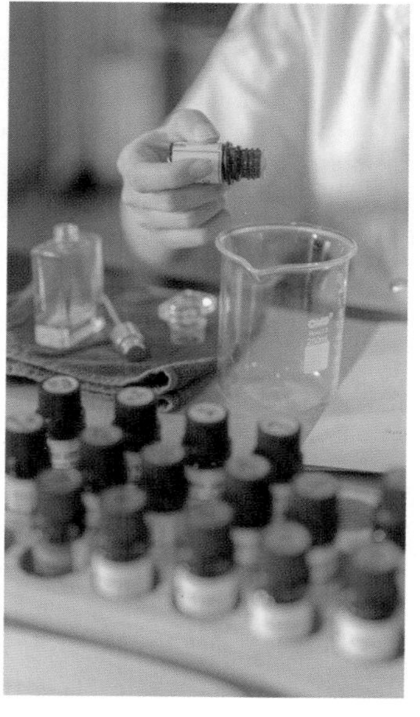

나는 요즘 향기에 푹 빠져있다.

시작은 명상이었다. 명상은 나를 심연에서 꺼내주었지만, 명상이 모두를 그렇게 할 수 없다는 것을 잘 알고 있다. 나만 해도 동네 명상원에서 좌선 명상을 처음 접했을 때 느낀 거부감을 생생히 기억하고 있다. 그래서 언젠가부터 개인 수련과 별개로 누구나 가볍게 접할 수 있는 명상법에 관해 공부하기 시작했다. 그 길로 명상 지도사, 싱잉볼 지도사, 아로마 테라피스트, 티마스터, 인센스 마스터 등 다양한 자격증을 취득했다. 단순히 나만의 여행을 넘어, 스스로를 여행하고 싶어 하는 수많은 당신들을 떠올렸다. 나의 얕은 경험과 여전히 빈약한 마음으로 대단한 지도까진 어렵더라도, 최소한 '나를 찾는 여행길'에 동행은 해줄 수 있지 않을까 하는 마음에서였다.

그러다 향수의 세계를 알게 되었다. 아로마테라피 수업 중에 조향 파트가 있었는데, 천연 아로마 오일을 이용해 향수를 만드는 것이다. 나는 한없이 고요했던 몽골의 홉스골을 떠올리며 향수를 만들었다. 당시 코로나로 여행길이 막혀 여행에 대한 향수(鄕愁)가 심할 때였는데, 몽골 향수(香水)는 그 마음을 자못 달래주었다.

그때부터였다. 나는 틈만 나면 소중한 여행의 순간들을 떠올리며 향수로 그 추억들을 하나하나 만들어 내기 시작했다. 히말라야 트레킹, 5월의 산티아고 순례길, 쿠바에서 보냈던 한여름의 크리스마스, 교토의 골목길……. 나를 가슴 뛰게 한 모든 장소를 작은 유리 공병에 담아내었다. 직접 만든 천연 향수를 방 안에 뿌리고 눈을 감으면, 코를 통해 들어온 향기 분자가 나를 그 모든 그림 속으로 데려갔다. 그 덕에 나는 언제 어디서든 원하는 순간의 나를 여행할 수 있게 되었다.

때로는 그렇게 완성된 향수를 몸에 뿌렸다. 향을 완성 시키는 건 사람의 체취라고 한다. 사람은 누구나 저마다의 체취를 가지고 있고, 몸에 닿은 향은 사람이 가진 본디의 그것과 어우러져 세상에 단 하나뿐인 향을 만들어낸다. 그러니까, 내가 만든 기억의 형상은 오늘의 나와 포개어져 나만의 향기를 만들어내는 것이다.

그리고 그것은 단순한 향을 넘어 나의 마음을 빚어가는 데에도 실질적인 도움을 주었다. 천연 아로마 오일은 실제로 저마다의 작용력을 갖고 있는데, 인도 아유로베다에서는 이것을 의료적으로도 활용해왔다. 나 역시 마음을 홀로 가꾸어 가는 일이 힘에 부칠 때면 향기의 도움을 받곤 했다.

마음속에서 불안이 좀처럼 가시지 않을 때면 라벤더로 나를 달래고, 미처 흘려보내지 못한 미련의 조각이 머릿속을 어지럽게 하는 날이면 소나무 숲을 닮은 파인으로 머리를 맑게 만들었다. 몸과 마음에 왠지 힘이 들어갔다 싶으면 일랑일랑으로 몸과 마음을 이완시키고, 집중이 필요할 땐 로즈마리를 찾았다. 이유 없이 힘이 빠지고 축 처지는 날이면 오렌지로 가볍게 기분 전환을 하고, 잠 못 드는 밤엔 오렌지 나무에서 추출한 네롤리를 머리맡 가까이 두기도 하였다.

기댈 곳이 어디에도 없다는 생각에 막막한 밤, 향기는 내게 분명하고도 강력한 위로를 건네주었다. 할 수 있다는 북돋움도, 괜찮다는 토닥임도, 따스한 자장가도 되어주었다. 그럼 나는 향에 포근히 기댄 채 깊은 단잠에 빠져들었다. 아침을 맞으면, 마음에 자정작용이라도 일어난 듯 불순물은 어느새 사라지고 없었다.

나는 이렇게 향을 통해 원하는 순간의 나를 여행하고, 또 다시 돌아온 오늘의 마음을 돌본다. 더 이상 그리운 것들에 매몰되지 않는다. 추억의 향은 오늘의 체취와 뒤섞여 더 나은 오늘을 만들어 갈 뿐이다.

마음이 영글자 꽃은 도처에 피었다. 나는 생각한다. 이렇

나는 소중한 여행의 순간들을 방울방울 모아 향기로운 향수를 만들기 시작했다.
그 향기를 맡으며 나는 내가 원하는 순간의 나를 여행할 수 있었다.

게 피워낸 꽃 내음이 먼 훗날 또 다른 누군가의 향수(鄕愁) 속에 남을 수도 있지 않을까? 그럴 수 있기를 바라며, 오늘의 조향사인 나는 계속해서 향긋한 오늘을 가꾸어야겠다.

스치는 건
서울이면 족해요
가파도에서

고등어를 굽는다. 나는 지금 가파도에 있고, 매일같이 고등어를 굽는다. 하루의 가장 치열한 고민은 고등어를 낮에 구울지 밤에 구울지 정하는 일이다. 그 고민은 4월의 어느 날, 섬에서 섬으로 들어오던 길에 시작되었다.

배를 타기 전 잠깐 들렀던 작은 마트에서 아홉 마리에 만 사천 원 하는 간고등어 묶음이 눈에 들어왔고, 하필이면 거기서 군침이 싹 돌았다. 더 적은 낱개로는 팔지 않는단다. 주변에 마땅한 다른 가게도 보이지 않았다.

"혼자 캠핑하는 거면 많지 않겠어요?"

"아무래도 그렇겠지요."

"일부를 맡아줄까요? 섬에서 나오면 찾아가요."

"음. 그래주시면 감사하지만, 제가 언제 나올지 몰라서……."

결국은 그 많은 걸 사 들고는, 굳이 친절한 사장님께 맡기지도 않고서, 이고 지고 배를 탔다. 가파도로 들어가는 마지막 배였다.

이 여행은 우연히 SNS에서 발견한 가파도의 캠핑장 사진 한 장에서 시작됐다. 활짝 피어있는 유채꽃 틈에 텐트 하나가 덩그러니 놓여있는 사진이었다. 꽃밭에서 잠을 잘 수 있다니! 세상의 수많은 곳에서 잠들어 보았지만, 꽃 속에서 잠들어 본 적은 단 한 번도 없었다. 나는 그길로 제주행 비행기 티켓을 끊었다. 그리고 서귀포의 선착장에서 배를 타고 다시 가파도로…….

"다들 내리세요."

오만 생각을 하다 보니 도착한 줄도 몰랐다. 급히 배낭을 둘러메고 배에서 내렸다. 마지막 배로 관광객이 모두 빠져나간 가파도는 더없이 한산했다. 태봉왓을 향해 찬찬히 걸었다. 텐트와 침낭, 조리도구, 2리터짜리 생수 두 통, 한라산 소주 한 병, 라면을 비롯한 각종 먹거리, 그리고 고등어 아홉 마리를 대충 욱여넣은 배낭은 양쪽의 균형이 맞지 않아 오른

어느 봄, 나는 가파도에서 며칠을 머물렀다. 바다를 읽고 꽃을 읽었던 봄,
내가 만난 가장 아름다웠던 봄.

쪽 어깨를 유난히 짓눌렀다. 도착할 때쯤엔 담이 제대로 걸려 오른쪽으로 고개를 돌릴 수조차 없었다. 하지만 그런 건 중요하지 않았다. 도착한 그곳은 사진에서 본 그대로였고, 나는 환호성을 지를 수밖에 없었다. 눈앞에는 노오란 유채꽃밭, 맞은 편엔 보랏빛 들꽃과 청보리밭, 그리고 반대편엔 새파란 바다와 반짝이는 등대의 불빛이 있었다. 내 생에 만나본 가장 아름다운 잠자리였다.

텐트를 설치한 후 가장 먼저 한 일은 고등어를 굽는 일이었다. 상하기 전에 부지런히 먹어야 했다. 기름을 두르지는 못한 터라 불을 붙이자마자 고등어 껍질이 눌어붙는다. 타지 않게 젓가락으로 부지런히 떼어냈다. 이내 고등어 살에서 약간의 기름이 흘러나왔고, 기분 좋은 치이익 소리가 났다. 노오란 유채꽃 틈에서 해질녘의 바다를 바라보며, 익어가는 고등어를 기다리자니, 행복하다는 말이 절로 나왔다.

"그래, 이게 행복이지!"

고이 지고 온 한라산 소주를 꺼냈다. 하나뿐인 스테인리스 컵 대신 병뚜껑에 소주를 따라본다. 소주잔의 반에 반 잔이나 될까, 입에 털어 넣어 보아도 딱히 기별도 가지 않았다.

세잔, 아니 세뚜껑을 연거푸 들이켜본다. 그리곤 고등어 살점 크게 한 입. 더할 나위 없는 저녁 식사다. 그때 옆집, 아니 옆 텐트 남자가 방문했다. 유일한 이웃이었기에 멀찍이서 눈인사를 했던 터다. 그는 해산물 모둠을 많이 샀다며 싱싱해 보이는 문어, 소라, 해삼을 작은 접시에 덜어주었다. 나는 그에게 감사 인사와 함께 고등어 한 마리를 내밀었다. 고등어는 이제 여섯 마리 남았다.

그때였다.

투둑-.

비가 한두 방울 떨어지더니 이내 무섭게 쏟아져 내렸다. 처음 도착했을 때부터 먹구름이 가득했던 터라 그리 놀랍진 않았다. 빠르게 정리하고 텐트 안으로 들어갔다. 그 안에서 남은 고등어와 해산물을 호로록 입에 넣고는, 일찍이 침낭 속에 누웠다.

새벽 1시 무렵, 추위와 요의 때문에 잠에서 깼다. 그사이 비바람은 더욱 거세졌고, 텐트는 위태롭게 흔들리고 있었다. 봄이랍시고 핫팩을 두고 온 게 후회가 됐지만, 아주 못 참을 추위는 아니었다. 거친 비바람을 뚫고 화장실까지 갈 자신이

없어 가만히 눈만 껌벅였다. 후두두둑, 투두둑, 적당한 박자에 바람 소리가 휘이잉, 그와 동시에 텐트가 흔들리며 파바박 요란한 소리를 자아냈다. 나는 이것이 꼭 섬의 노랫소리인 것만 같았다. 자장가가 되어주기에는 볼륨이 좀 많이 컸지만 말이다. 가만히 누워 빗노래를 듣자니, 세상도 마음도 몹시 추웠던 어느 겨울, 산 속에서 캠핑을 했던 날이 떠올랐다.

영하 11도의 날씨였다. 세상에는 나 혼자뿐인 것만 같았다. 전기장판을 켜둔 침대가 되레 매서워, 자연으로 가 몸을 누이면 숨 쉬는 게 좀 나아질까 싶었다. 해가 질 무렵, 사람 한 명 없는 용문산에 텐트를 펴고 들어갔다. 침낭 속에서 핫팩을 세 개나 터뜨렸지만, 가만히 있어도 몸이 덜덜 떨렸다. 그래도 침낭을 얼굴까지 다 덮어쓰곤 겨우 잠이 들었는데, 새벽 세 시 무렵, 악몽을 꾸다가 눈이 번쩍 뜨였다. 순간 숨이 잘 쉬어지지 않아 침낭 지퍼를 내리고 얼굴을 꺼냈다. 하지만 폐가 꽉 조여지는 느낌은 좀처럼 가실 줄 몰랐다. 나는 생각했다. 오늘 비로소 숨이 끊어질지도 모르겠다고. 한참을 헐떡이던 나는 결국 침낭 밖으로 빠져나와 텐트 문을 열었다. 곧바로 찬바람이 들어와 온몸의 떨림이 더 심해졌고, 이러다 저체온증이 올 수도 있겠다는 생각이 들었지만, 당장에 숨이 막혀 죽는 것보다는 나을 것 같았다.

그리고 다시 오늘. 이번 여행은 결코 숨을 찾아 떠나온 것이 아니었다. 폐허가 되었던 터전은 그사이 정확한 시공일도 모른 채 재건축이 되어있었다. 여행은 이제 내게 이별 후 마시는 쓴 소주가 아니라, 환호 속에 마시는 샴페인에 가깝다. 텐트 밖에서 흔들리고 있을 유채꽃을 떠올리며, 꽃매장을 당하는 나를 상상해 보아도 더 이상 숨이 모자르지 않다. 좁은 침낭 속에서 숨을 들이쉴 때마다, 머리카락에 가득 배인 비릿한 고등어 냄새가 느껴졌다. 생선 비린내를 그렇게나 싫어했었는데, 어쩐지 오늘은 나쁘지 않았다. 숨을 쉬고 있구나, 살아있으니까 맛있는 고등어도 먹고, 꽃 속에서 잠도 자고, 그렇게 싫어했던 비린내가 괜찮게 느껴지는 날도 오는구나, 싶었다. 나는 기쁜 마음으로 계속해서 요란한 빗노래를 듣다가, 어느 틈에 스르르 잠이 들었다. 아주 달콤한 잠이었다.

그렇게 비바람 가득한 첫 밤을 보냈다. 두 번째 밤엔 바닷바람이 유난히 거셌다. 세 번째 밤엔 커다란 소음은 없었지만, 꽃샘추위는 여전했다. 봄의 색이 가득한 어여쁜 섬에서 하루하루를 보내는 일은 분명 좋았지만, 이쯤 되니 따뜻한

노오란 유채꽃 틈에서 해 질 무렵의 바다를 바라보며,
익어가는 고등어를 기다리자니, 행복하다는 말이 절로 나왔다.
"그래, 이게 행복이지!"

잠자리가 조금 그리워졌다. 내일 아침엔 이 섬을 나가는 게 좋을까? 고민되었다. 그러다 화장실에 가기 위해 텐트 문을 열었다. 그 순간, 나는 깜짝 놀라 입을 다물 수 없었다. 온 하늘이 반짝이고 있었다. 서울의 밤을 수놓는 무수한 건물들이 혹시 하늘에 올라가 박힌 걸까 싶었다. 그동안 흐린 날씨 탓에 좀처럼 별을 볼 수가 없었는데, 오늘에서야 모든 구름이 떠나고 별에게 빛날 자리를 내어준 것이다. 높은 건물이 없어 사방이 훤히 트인 덕에 앞뒤 좌우 어느 곳에 눈을 두어도 세상은 별빛으로 가득했다. 나는 그림 같은 밤하늘을 보자마자 생각했다. 아직은 이 섬을 떠날 수 없겠다고. 그렇게 별에게 발목을 붙잡히고 말았다.

캠핑장 사장님이 물었다.

"아니, 이번에만 머물고 가파도에 평생 안 올 작정인가 봐요?"

"아니요, 사장님. 저는 이래야 다시 오더라고요. 제대로 보아야 또 보고 싶더라고요."

그리곤 생각했다. 스치는 건 서울이면 족해요. 이렇게 있어도 바다를 읽고 꽃을 읽느라 시집 한 권을 다 못 읽는걸요.

향긋한 불편 속에서 하룻밤을 더 머물기로 한 것은 최고의 결정이었다. 그렇게 만난 네 번째 밤은 기어이 따뜻했기 때문이다. 그야말로 완벽한 봄밤이었다. 침낭을 벗어 던져도 될 정도였다. 물론 어느 겨울처럼 숨이 막혀서가 아니라, 너무나도 따스해서 말이다. 꽃 피는 시기를 시샘하여 찾아온다는 꽃샘추위와 거센 비바람에 고개를 저으며 일찍이 섬을 떠나갔더라면, 나는 이 봄밤을 영영 만나지 못했을 것이다. 나는 오늘도 주위를 둘러싼 별과 꽃 틈에서 고등어를 구우며, 함께 노오랗게 익어갔다. 치이익 소리를 들으며, 기분 좋은 비릿함을 느끼며, 아주 편안한 숨을 쉬었다.

거울 속의 나에게

가끔은 거울을 보자.

내가 바라는 가장 친절한 타인의 모습으로.

너를 절대적으로 이해한다는 따스한 눈빛으로.

에필로그

당신을 가만히 안아주겠어요

감정 쓰레기 형태로 첫 페이지를 끄적이던 날이 눈에 선하다.

그 새벽, 나는 자살이라는 글자를 검색창에 적어보았다. 진짜로 죽을 마음은 아니었지만, 그냥 한 번 그래 보았다. '당신은 소중한 사람'이라는 뻔한 문구와 함께 상담 전화번호가 나왔다. 휴대폰에 그 번호를 찍어 보았다. 고민했다. 상담원이 죽고 싶으냐고 묻는다면 당장 죽지는 않을 거라고,

무엇이 힘드냐고 물으면 모르겠다고, 그냥 다 피곤할 뿐이라고, 그러면 대체 이 사람 왜 전화 한 거냐고 황당해하지 않을까? 그렇지만, 그래도, 그냥 힘들다고 한마디만 해보면 안 될까? 시간을 오래 뺏지는 않을 건데……, 한참을 망설이다 통화 버튼을 눌렀다. 뭐가 됐든 나의 가장 연하고 약한 것들을, 빛나는 무엇이 아닌 시커멓게 타버린 잿더미를 누구에게든 꺼내어 놓고 싶었다. 하지만 고민의 시간이 무색하게 연결은 되지 않았다. 통화량이 많다는 안내 음성이 뒤따랐다. 새벽을 헤매고 있는 게 나만은 아닌 모양이었다.

그로부터 2년이 흐른 오늘, 나는 다행스럽게 몸도 마음도 적당히 건강한 하루를 보내고 있다. 완벽하진 않지만, 그런대로 나쁘지도 않다. 12개월 결제한 헬스장은 겨우 2주 나간 후 귀찮아서 미루고만 있지만, 그래도 매일 아침 유기농 양배추즙을 마시고, 스트레칭도 제법 열심히 한다. 어제 집으로 돌아오는 길이 이유 없이 쓸쓸하기도 했지만, 그래도 하루 중 웃은 기억이 더 많았다.

그동안의 모든 여행은 공항으로 돌아오는 순간 끝이 났다. 입국 심사를 하고 공항 철도를 탄 후 오르막길을 한참

올라 집 문을 열면 익숙한 침대가 보인다. 대충 씻고 침대 위에 폴짝 뛰어 눕는다. 그렇게 희멀건 천장과 오랜만에 마주한다. 그 위에 새로이 만났던 얼굴들을 그리다가 여독을 이기지 못해 눈을 감는다. 그러면 비로소 내가 만난 수많은 이야기는 과거가 된다. 세상의 많은 것을 보았고, 다양한 사람들을 만났으며, 결국 이번에도 행복하게 돌아왔습니다 라며 제법 깔끔한 결말을 맞는다.

하지만 이번 여행은 좀 다르다. 나는 아직 나를 온전히 보았다고, 진정한 평화를 만났다고 선뜻 답할 수가 없다. 나는 여전히 나의 우주를 떠돌아다니는 중이다. 그 안에서 수년 혹은 수십 년이 지나도 어느 날 문득문득 새로운 나를 만나게 될 것이다. 때론 도무지 나를 이해할 수 없는 날도 생길 거다. 그렇게 나를 향한 여행을 오늘도, 내일도, 아니, 아마 일생에 거쳐 평생토록 하게 될 것이다.

그사이 또다시 무수한 계절을 만나게 되겠지만, 다행히 이제는 겨울이 그리 무섭지 않다. 예상치 못한 매서운 추위를 만나는 날이면, 옷장 깊숙이 넣어둔 두꺼운 털옷을 꺼내어 입곤 쑥차를 한 잔 달여 마시며, 아주 따뜻하게까지는 아니더라도, 적어도 이전보다는 덜 춥게 겨울을 날 수 있을 거라는 확신이 생겼으니까.

겨울을 나거나, 겨울로 남거나.

우리는 선택해야 한다. 겨울을 나기로 결심한 이가 반드시 봄을 만나게 될 거라고 확신할 순 없지만, 분명한 사실은 겨울에 머물기를 선택한 이에게 봄은 오지 않는다는 것이다. 그러니 나는 혹여 당신이 겨울의 눈밭을 헤매고 있다면, 그러다 우연히 내 자취를 발견한 거라면, 부디 당신이 나아갔으면 좋겠다. 나의 발자국을 따라와도 좋고, 다른 방향으로 가보아도 좋다. 그게 어느 쪽이든 뚜벅뚜벅 걸음 끝에 기어이 피어있는 꽃 한 송이를 발견하고, 꽃 내음을 맡았으면 좋겠다. 그래서 그간 내게 온 모든 겨울이 내 뿌리를 다져갈 기회였노라고, 그렇게 회상할 날이 기필코 왔으면 좋겠다.

그래서 나의 차가웠던 시간을 꺼내어 놓는다. 부끄러움을 무릅쓰고 축축한 진심을 털어놓는다. 홀로 뭍으로 가기 위해 안간힘을 다해 휘젓던 내 발버둥이 당신에겐 오리발이 되어주기를 바라며. 이 여행기가 당신의 여정에 동반자가 되어주기를 바라며. 그렇게 우리 따로 또 같이 자신을 여행하다가, 하릴없이 무너지는 날을 만나면, 고민하고 고민하다 상담 전화번호를 눌렀지만 끝끝내 연결이 되지 않는, 그래서 침몰하는 천장을 홀로 느껴내야 하는 그런 밤이 있다면…….

당신, 내게 왔으면 좋겠다.

그러면 나는 누군가의 품이 간절한 당신을 가만히 안아주겠다. 자그마한 나의 품이 당신의 오랜 침대처럼 포근하진 않겠지만, 그래도 당신의 마음을 조금은 안다며, 오래된 게스트하우스의 삐걱이는 침대처럼, 그래도 몸을 누일 곳이 있다는 것을, 어느 새벽 내게 그리도 간절했던 그 말을, 당신의 귓가에 속삭여 주겠다.